王様候補と愛しのオオカミ

王《おう》様《さま》候《こう》補《ほ》と愛《いと》しのオオカミ

鏡《かがみ》コノエ

ILLUSTRATION：古《ふる》澤《さわ》エノ

王様候補と愛しのオオカミ

LYNX ROMANCE

CONTENTS

王様候補と
愛しのオオカミ

一族の肖像画が壁を彩る応接間には、今宵《こよい》三人の青年貴族が集まっていた。

屋敷の主人である青年と、短髪の青年の二人はテーブルを挟みカードゲームに夢中だが、勝敗は既に決しているようだ。

青年がいかさまを仕掛けていることを、ゲームを見守る金髪の青年は早々に見抜いていたが、対戦する短髪の青年はまだ気が付いていないようだ。手元にある数枚のカードを睨《にら》みながら、背中を丸めて唸《うな》っている。

「このゲームが終わったら、次は君と対決だ」

屋敷の主人である青年はいかさまを見抜かれていないと思っているらしい。ご機嫌な顔で金髪の青年を誘ってきたが、少し遅れてきたおかげで、彼のいかさま勝負に巻き込まれず済んだというのに御免である。

「それは遠慮しておくよ。そもそもカードゲームをしにきたわけではないからね」

「そうつれないことを言うな。ここ暫《しばら》く退屈だったのだ。真面目な話はあとですればいい」

「あと、が夜更けにならなければいいが」

「それは君の態度次第では？」

これは長い夜になりそうだ。――と、金髪の青年が微苦笑を浮かべると、屋敷の執事が部屋を出て行く姿が見えた。

老いたその横顔が険しかったように感じられると、間もなくして部屋の外から数名の足音が聞こえて、そして遠ざかっていった。落ち着く間もなく新たな足音が響いている。

「なんだ、騒々しいな。何かあったか」

短髪の青年がカードをテーブルへ置いて、席を立った。

「ゲームは終わってないぞ」

「それよりも外が気になる」

戦況の悪さに嫌気が差したのか、興味は既に外へと移ってしまったようだ。同じく、次の餌食《えじき》になりたくない金髪の青年も後を追うと、廊下で慌ただしくしている小姓を捕まえた。

「騒ぎか？」

「いえっ、あのっ」

執事に口止めされているのか、小姓は助けを求めるように視線を彷徨《さまよ》わせているが、使用人たちは目もくれず足早に通り過ぎていく。

「言え。何があった」

金髪青年は穏やかに、しかし堅い口調で迫った。

「は、はいっ、……宝物庫に泥棒が入ったそうです。まだ屋敷の中にいるかもしれないと、それで」

「捜しているわけか」

小姓が不安げな顔で頷《うなず》いた。

腕を放してやると、小姓は安堵《あんど》した様子で一礼し、また走っていった。

「くだらないゲームより、泥棒を捕まえるほうが愉《たの》しそうだ」

後ろでちゃっかりと小姓の話を聞いていた短髪の青年が、ブラウンの目を輝かせていた。

「今度は俺とお前の対決だ」

短髪の青年はカードゲームよりも狩りが得意なのだ。

早速動きだした背中を見送ると、金髪の青年は少し考えて踵《きびす》を返した。

金髪の青年は狩りなどに興味はないし、初めから勝負などする気もなかった。ただ、今応接間へ戻れば、いかさまゲームに巻き込まれることは確実だ。

それならば夜の庭でも散策するか——と、その程度の軽い気持ちで歩きだしていた。

＊

ゆらゆらと揺れるランタンの灯《あか》りから必死に逃げ続けて、屋敷の裏庭へとエミルは出ていた。

天上からは痩せ細った白い月が静かに見下ろしている。乏しい月明かりで空は暗いが、庭は松明《たいまつ》が灯《とも》されて所々赤く照らされ物々しい雰囲気だ。

エミルは暗がりを求めるように走り、人の気配や物音に気が付いては、そのたびに木陰へ隠れて息を潜めた。

いたか！　いない！　こっちだ！　と、方々から追っ手の声がして、エミルの近くを騒々しく横切っていった。

追っ手の声を聞くたび恐怖のあまり悲鳴が飛び出しそうだ。両手で口を押さえながら、細い躰《からだ》を小さく丸めている。

頭の中では（また失敗した、また失敗した……）と、そればかりが繰り返されていた。冷静になろうとしても、追われている状況では焦る一方だ。

（落ち着け、落ち着け。ちゃんと逃げられるからっ。チャンスだって必ずあるはずだ）

エミルは自分に言い聞かせながら、乱れに乱れた呼吸を落ち着かせようと努力した。

今夜、貴族の屋敷に泥棒に入ったのはエミルだった。人狼《じんろう》族の男であるエミルは、十八歳の今年、成人として認められるための通過儀礼を行わなければならなかった。

屈辱的な死を迎えた祖先の牙を取り返してくること。――それが一人前の人狼として認められるための絶対条件だ。エミルは既に一度失敗をしていて、今夜また貴重なチャンスを取り逃がしてしまった。

一体何のために半年以上も城勤めをしてきたのか。自身の不甲斐《ふがい》なさが腹立たしくなる。

屈辱的な死を迎えた者、それはエミルの祖父だ。小国ラルドルの王となった男に狩られて、牙を取られ毛皮を剝がされたのだ。

エミルの家系は人狼の中でも殊更希有《けう》な銀狼だ。牙も毛も銀だから、さぞかし価値があるだろう。エミルが生まれる前に祖父は死んで顔は知らないが、通過儀礼とは別に家族の遺物を取り返したいという強い気持ちもあった。

仲間の手引きにより王城で奉公することが叶《かな》い、ある夜、城の宝物庫に単身一人で潜り込んだ。鍵は仲間からすぐに借りることができたが、しかしどんなに牙を探しても宝物庫には見当たらない。

銀狼の毛皮と牙は、王の死後、一緒に埋葬されると仲間に聞いていた。王はまだ存命しているから、墓にはない。だから宝物庫に必ずあると思っていたのに、見つからなかった。処分したなんてことは考えられない。

そうして結局一度目の潜入は失敗して、次の情報を得るために半年以上城で働いたエミルは、この貴族の屋敷にあるらしいとの情報を得たのだった。

　この屋敷の主人、アルヴィル・ライコネンは王の愛人だ。我《わ》儘《まま》で自分勝手だと城ではもっぱらの噂《うわさ》だし、病の床に伏せっている王を心配するでもなく、自宅で時折催す夜会のために高価な酒や菓子をねだりに度々城へ来た。そして王も王で、アルヴィルには砂糖菓子以上に甘くて、もし彼が銀狼の牙や毛皮を欲しがったとしても嫌な顔をしないだろう。それほど王はアルヴィルを甘やかしている。

　自身が余命幾ばくもないと知ってか、王は国費のことなど気にもせずに際限なく愛人に金をかけていた。王の放蕩《ほうとう》と愛人の我が儘のおかげで、エミルは今夜城から酒と菓子を届けに伺う任務を得たのだが、結局そのチャンスを生かし切れずじまい。

　ライコネン家を訪れたのは今夜が三度目だ。一度目に屋敷内部と警備の配置を確認して、二度目に宝物庫の場所を探り当て、鍵の仕様を確認した。三度目が訪れる前に鍵を開ける練習を日夜繰り返して、漸《ようや》く訪れた当日だった。

　城からの所用を終えたあと、夜会の準備に慌ただしい屋敷内に潜り込み、警備が手薄になるタイミングをじっと待った。いざそのときが来て解錠しようとすると、練習では錐《きり》一本あればすぐに開けられていたのに、焦りが邪魔をして巧《うま》くいかない。

　どうにか解錠できて安堵した直後、今度は守衛に見つかってしまい逃亡劇がはじまった。

　人狼族なので足は速いが、大貴族の屋敷だけに使用人は多く、追っ手から逃れようとすれば骨が折れた。今は息を潜めて木陰に身を丸めながら、追っ手が遠ざかるのをじっと待っている。エミルは頃合いを見て、そっと立ち上がると背を低くしながら再び走った。

視界の隅にちらちらとランタンの灯りが見えて、焦りで足が速くなる。

ハーブ園を抜けたら針葉樹の林になる。屋敷の裏庭は広大で、森へと続いているはずだから、そこまで行けば狼の姿になって一気に逃げられるかもしれない。

エミルの髪や眉毛は闇に溶けそうなほどに黒いが、本来は銀色をしていた。

一見して銀狼とわかる色を隠すために、魔女に黒く染まる術をかけてもらっているのだ。しかし定期的にかけてもらわなければ自然に銀色へと戻っていってしまう。

なにより狼《おおかみ》の姿にまでは効かないのが欠点だ。銀狼の姿は細い月の夜でも目立つ。

盗人《ぬすっと》が人狼族と知られたら、仲間たちにも迷惑がかかってしまう。それだけは絶対に避けなければとエミルは走りながら唇を噛《か》み締めた。

追っ手は遠ざかり、針葉樹の林が近づいてきた。あと少しだ。

僅《わず》かに安堵を抱いたそのとき――。

「――ッ」

近くに人の気配を感じて、エミルはローズマリーの群生地へと隠れた。

身を潜めた直後、ガサッと派手に音を立ててしまい、人影が振り向いた。

「隠れたつもりのようだが、今の音で気付いたぞ」

そんなことはエミルだってわかっていたが、まさか人がいるとは思わなくて咄嗟《とっさ》の行動だったのだ。

ローズマリーはエミルが腰を屈《かが》めれば、隠れるのに十分なほど高く伸びていた。相手は灯りを持っていないし、今のところは顔を見られる心配はなさそうだ。

しかしじっとしていても捕まるだけだし、ここはやけくそで逃げるべきか、けれど顔を見られては次のチャンスを失ってしまうかもしれない。

どうする？　どうする？　と、緊張と恐怖で叫びたい気持ちを堪《こら》えながら、エミルは枝葉の隙間から相手を窺《うかが》う。

暗い夜でも相手が男だとわかった。肩くらいまで伸びた金髪に白い肌。鼻筋の通った、華やかな顔立ちの男だ。

濃色のフロックコートに刺繍《ししゅう》が慎《つつ》ましく入れられた白のブラウス、コートと同色のパンツ。シンプルなスタイルと、すっと伸びた背筋といかにも品のある雰囲気に、エミルはふと、この人知ってる——と、警戒心を強くした。

コンラード・カルヴィネ。

王の愛人アルヴィル・ライコネンに並ぶラルドルの三大貴族の一人ではないか。今夜彼らが集まることは承知していたが、その一人が夜の庭で灯りを持たないどころか、お供の者まで付けずに庭を歩いているなんて信じられない。

エミルの見間違いだろうか。けれど人狼族は夜目が利く、それに数歩離れた距離だ。見間違えるなんてことはない。

「おや」と、男が穏やかな声を洩《も》らした。

「なぜお前がここにいる」

「……っ」

まさかこそ泥一匹のために、お貴族様まで出てきたというのか？　にわかに信じられず男を凝視していたせいで、いつの間にか身を乗り出してしまっていた。

「確か城勤めの者だろう」

男も夜目が利くのか、はっきりとこちらの顔を見られてしまったらしい。

言葉を交わしたことなどないが、王城で遠目に何度か顔を合わせているから、知らぬ存ぜぬでは済まされないだろう。そもそもエミルは今、泥棒に入っているのだし。

最悪の事態に焦り、どうしよう、どうしよう、と、また緊張して鼓動が早くなり吐息が乱れていく。焦ったところでいいことなど何もない。エミルは胸に手を当てながら、気持ちを落ち着けようと必死になった。

「宝物庫に泥棒が入ったと聞いたぞ。まさかお前が？　しかしなぜだ。なぜそんなことをした」

かさ、とローズマリーを掻《か》き分けて、男が一歩近づいてきた。

「駄目っ、来ないで」

エミルは脅《おび》えながら目を見開いた。

「大声を出すと追っ手に気付かれてしまうぞ」

尚《なお》も近づいてくる男に、エミルは青ざめて這《は》うようにしながら身を引いた。

「違うんだっ。俺に近づかないで！」

　エミルは小声で叫ぶ。

　心臓がばくばくと鼓動を煩《うるさ》くして、全身が熱を帯びていくのがわかる。

　逃げたほうがいい。今すぐ立ち上がって何も考えずに走り出せ。――そう自分に言い聞かせたが、正体を知られたショックで躰が強張《こわば》ったきり動けない。

「安心しろ。私は盗人を捕まえる気などはじめからない。そもそもアルヴィルに立てる義理などないからな」

　エミルが激しく脅えていることに気付いたのか、男はそう言った。

　泥棒を捜しているわけではないのか。そうだとしたらなぜこんなところにいたのだろうか。どちらにしても顔を見られてしまったし、最悪の出会いだ。

　じっとりと躰が汗ばむ気配に気が付くと、エミルは自分自身を強く抱き締めた。

　駄目だ！　落ち着いて！　と、自身に訴える。

「しかしなぜ宝物庫など狙《ねら》った。王城での給金に不満でもあるのか？　しかしお前のその容姿ならば、待遇が悪いわけではないだろう」

「来ないで！　来ないでってっ」

　エミルは必死に訴えて、かぶりを振った。

「そう怖がるな。私はお前を捕まえて突き出したりなどしない」

そうじゃない。——エミルが言いかけたそのとき、男の大きな手が目の前まで来て、恐怖した躰でカッと血が熱くなった。

「————……ッ」

一気に血が沸いて、全身から蒸気が噴き出たような感覚に、エミルは息を詰まらせた。

自分の意思に関係なく躰が強張ったが、それも一瞬のことだ。すぐに弛緩《しかん》していくと、恐怖や脅えまでもが躰の中から消え去り、エミルは小さく放心した。

はっと我に返り男を見上げると、コンラード・カルヴィネはエミルを見下ろしたまま、目を見開いて固まっていた。

「……ぁ」

やってしまった。

だから近づくなと言ったのに。

彼も放心しているらしく、瞬《まばた》きどころか呼吸すら忘れてしまっている。エミルを見下ろしている双眼も果たして見えているのか。それほどの忘我した表情に、最悪な状況が更に悪化したと思った。

人狼族の男は成長とともに、チャームと呼ばれる催淫香のようなものが躰から出るようになる。

主に繁殖のための求愛行動を効率化させるためについた能力らしいが、異性同性関係なく惹《ひ》きつけてしまうのがとにかく厄介なのだ。

しかも成人間近の躰ではコントロールが難しくて、感情が昂《たか》ぶりすぎると香りが溢《あふ》れ出てしまうことがある。まさに今がそれで、彼はあきらかに香りを吸い込んでしまったようだ。

「――あ、ああ……？」

コンラード・カルヴィネは漸く我に返ったのか、戸惑ったように緩くかぶりを振った。

「今の押し寄せてきたような甘い香りはなんだ……？　ローズマリーではないな。一体なんの香りだ？　――あ…？」

男は胸を押さえると、怪訝《けげん》そうに眉を顰《ひそ》めた。

次第に息がはあはあと上がってくると、前屈みになって背中を丸めだす。

「こ、れは……？　これは一体……どういう……？」

端正な容貌に困惑を滲《にじ》ませながら、答えを乞《こ》うように男はエミルを凝視したが、口から出てくるのは戸惑いの声だけだ。

「あ……ぅう」

どうしよう。エミルは新たな問題に焦った。

チャームが出るようになってから気持ちが昂ぶらないように努めてきたから、今まで一度も誰かに香りをかけたことはなかった。

相手を性的に興奮させてしまうから気をつけろ。――と、両親から強く言われていたが、エミルは男だ。そうと知っていて彼も興奮するのだろうか？

「い、一体、私の身に何が起こったんだ……？　き、君は………ぁ……」

呼吸を乱しながら、男は一度もエミルから目を逸《そ》らすことはなかった。焼け付くほどの熱い視線に射《い》貫《ぬ》かれて動けない。また鼓動が早くなってきて焦る。

「君は……」

駄目だ。

今すぐ早く逃げなくては。

今すぐに。今すぐにだ。

「コンラード！」

遠くで男を呼ぶ声にエミルはまた躰を強張らせた。危うくチャームが出そうになってギリギリ堪えたが、新たな追っ手の登場に酷《ひど》く焦ってしまった。

「こちらへ来たか」

名前を呼ばれた男はエミルから視線を逸らして、声のするほうを見ながら呟《つぶや》いた。

「逃げろ、早く」

男は背中を向けたままで静かに言った。

「さあ、早く。彼は狩りが得意だ。見つかれば捕まるぞ」

「――っ」

その言葉に突き動かされて、エミルはまた背を低くしながら走り出した。

必死に走り、漸く針葉樹の林へと入ると、すぐさま狼へと姿を変えて全速力で夜の林を駆けていった。

ここまで来れば大丈夫。——そう思った途端に足の力が抜けそうになったが、自分自身を奮い立たせながらひたすら走り続けた。

＊

「泥棒はいたか？」

　手入れされたハーブになど目もくれず踏み倒しながら、短髪の青年――パーシオ・オルヴォがやってきた。

　いつの間に調達したのかランタンを掲げて、こちらを照らしてくる。ほんのりと灯りに照らされた青年の野性的な顔には、収穫ナシと書いてあった。

「――いいや。君は？」

「見ればわかるだろう。捕まえていたら、機嫌良くしているところだ」

　コンラードは体内に纏《まと》わり付く熱を宥《なだ》めるように、ゆっくりと息を吐き出した。

　ハーブか何かの香りだったのか、嗅ぎ慣れない甘い匂いが急に纏わり付いてきたと思ったら、酷く躰が熱くなってしまった。呼吸までもが乱れるような躰の急変に動揺したが、徐々に収まってきたようだ。

「こちらも収穫ナシだ。誰かいた気がして足を止めたが、鼠《ねずみ》だったよ」

「フン。鼠か。狩りの手柄にもならんな。仕方ない。戻るか」

「ああ、そうしよう。アルヴィルが機嫌を悪くしているかもしれないしね」

「完全に拗《す》ねているだろうな。あいつの相手は面倒臭くてかなわん」

「ならば二人でご機嫌を取ろうじゃないか」

再び歩きだしたパーシオの後ろを追いながら、ふとコンラードは振り返ると、針葉樹の林の隙間からちらちらと見える銀色の光に目が留まった。

細い月の明かりにさえ白く輝く銀の獣。――美しい銀の狼。

「銀狼……？」

「あ？　何か言ったか？」

「いや、なんでもない。さあ、行こう。早く戻らないとアルヴィルに叱られる」

振り返ろうとしたパーシオの背中を押して、コンラードは足を速めた。

時折振り返りながら遠くを見たが、白く輝く銀狼は針葉樹の林の中へと吸い込まれていったようだ。

人狼族は人を避けるように森で暮らしているようだが、実際その集落がどこにあるのかは知られていない。人狼自体を見ないというのに、まして銀狼を目にするなんてもはや奇跡だ。

彼は銀狼を見ただろうか――。

ローズマリーの陰で酷く脅えていた美しい青年を思い出すと、コンラードは最後にもう一度振り返っていた。

＊

「は……はあ……、……助かった……」

針葉樹の林に入ってから、一度も足を止めることなく夜の闇を駆け続けて、森の奥深くに建つ小屋を目にした途端に、漸く帰ってこられたとエミルは心から安堵した。

長い緊張と疲労でよろよろしながら木戸の前まで辿《たど》り着くと、人の姿へと変わり、重たい腕で戸を開けた。

小屋の中は真っ暗だ。十八歳になってすぐ親元から離れ、村を出て一人で暮らしている。それもすべて成人への通過儀礼のためで、エミルに何かあったとき親や仲間たちに迷惑をかけないための配慮でもあった。

咥《くわ》えて運んできた衣服は葉っぱだらけになっていた。破れていないだけマシか。疲れすぎて払う気にもなれず床へ落とすと、裸のままベッドへうつ伏せに倒れた。

「あー……疲れたぁ……はー……なんで俺だけこんな目に……」

屈辱的な死を迎えた祖先の牙を取り返すことが一人前になるための決まり事とはいえ、話に聞くかぎり容易だろうと思っていた。エミルの祖父は王に狩られてしまったが、王城には手引きしてくれる仲間がいるし、とても頼れる人だから、牙はすぐにも手に入るはずだった。

それがなぜか行方不明になっていて、あると思った貴族の屋敷では散々追っかけ回され、チャームまで出す始末。相手はよりにもよって国王に次いで権威のある三大貴族の一人だ。

彼らは貴族の間だけで長年婚姻を結んできて、普通の人間たちより百年以上も長く生きるという。その寿命の長さは人狼族とほぼ同じ。

ただでさえ特別な存在で、更には次期国王になるかもしれない人間を発情させるなんて、あり得ない。

人狼族は人目を避けて生きていくこと。銀狼は尚更。――それは一族の決まり事で、絶対にミスしてはいけないルールだ。祖父の牙を取り返すためとはいえ、人間の、しかも貴族に顔を知られていることすらエミルには不安なのに、それ以上の接触なんて考えるのも恐ろしい。

「……でも、助けてくれたな」

ぽつりと零《こぼ》して、もそもそと毛布を躰に掛けていった。

疲れた躰に柔らかなぬくもりが気持ちいい。散々森を駆けて酷い空腹だが、今夜はもう眠ってしまいたい。

毛布の中で身を丸くして落ち着くと、ハーブ園で会ったコンラードのことを思い出した。

「貴族なのに……助けてくれた」

それはエミルが人狼族だと気付いていないからだ。もし人狼族だと知られていたらどんな目に遭ったかわからないし、こうして無事に帰ってこられたかもわからない。

「でも、狼を助けてくれる貴族もいるんだ……」

昔、父が森で怪我《けが》をしたとき、貴族の子供に助けられたことがあったそうだ。にわかには信じられないが、父はエミルが子供の頃から繰り返しその時の話を聞かせては、懐かしそうに、そして嬉《うれ》しそうにしていた。

このラルドル国の民は狼を神様の使いと言い、銀狼を幸福の象徴と呼んで大事にしてくれるが、貴族は違う。

貴族は狼を狩る。

特に三大貴族は、狼狩りによって次期王を決めるのだ。

そのため人狼族の大人たちからは「貴族には気をつけろ」と幼い頃から言われ続けてきたし、そのせいで父の思い出話を信じる者は誰一人としていなかった。

けれど父の昔話が嘘《うそ》には思えなかったし、貴族は警戒すべき者たちと認識しながらも、一方では信じてみたい気持ちもあった。だから今夜のコンラード・カルヴィネの行動は恐ろしかったけれど、エミルには嬉しくもあった。

「……違う。俺が狼だと気付いていなかったからだ」

彼が人狼を助けるいい貴族とは言い切れないではないか。靡《なび》きそうな気持ちを叱咤《しった》した。

エミルが人狼……と知らなかったから、彼は優しかっただけだ。

もしエミルが人狼だと知ったら、穏やかな雰囲気の彼も豹変《ひょうへん》してしまうのだろうか。

王城で時折見かける彼は、いつだって優しそうな笑みを浮かべた温雅な人だったけれど……。

「そうだ……テオドールさんに報告しないと。……ああ……無理。……おなかが減って動けない……」

二度目のミッションが失敗したことを、城の協力者へすぐにも伝えなければいけない。もしコンラード・カルヴィネが手を回していたら、明日自分がどうなってしまうかわからないし。

気持ちは焦るものの、長時間の緊張状態と全速力で走り続けたツケが今になってやってきたらしく、一度ベッドに倒れた躰は沈んだきり、動かすことができなかった。こんな状態では城まで駆けていくことなどできるはずもない。

やがて睡魔まで襲ってきて、エミルは抗《あらが》えないまま眠りに落ちていった。

＊

窓の外から聞こえる鳥の囀《さえず》りで、エミルは目を覚ました。

「まずい……寝落ちした」

城にいる協力者に報告しなければと思っていたのに、限界だったようだ。

牙が手に入っていない以上、通過儀礼はまだ続いている。当然城へ行かないわけにはいかないし、貴族の屋敷に泥棒が入った翌日に無断で休んだら周囲に怪しまれてしまう。

「顔、見られちゃったし……。ぁあ……もう」

一体何の気まぐれか、あの青年貴族に逃がしてもらえたのは幸いだったが、顔を見られている以上は城で会ったら何を言われるかわからない。

コンラード・カルヴィネ・ライコネンにかける義理はないと言っていたが、貴族が何を考えているのかなんて、人狼のエミルには想像もできなかった。

とはいえ、無断で休んだら仲間に迷惑がかかるし、報告だけはしなければ。

覚悟を決めて、のろりと起き上がりベッドを下りると、床に捨てたままの衣服を拾い上げて、あちこちについていた葉っぱを払った。

「よかった。穴は開いてないみたいだな」

王城から支給された制服だから素材はいいものだ。これがエミルの私服だったら、逃げる途中で小枝に引っかけてきっと穴だらけだっただろう。裁縫は苦手だから不幸中の幸いか。けれど靴を上着でくるんでいたせいで少しだけ汚れてしまっている。

生憎《あいにく》洗濯も得意ではないし、洗ったところですぐに乾くとは思えない。濡れた布巾で拭いて、取れるといいが。

ひとまず皺《しわ》だらけのブラウスに袖を通して、同じくよれたズボンに足を入れた。靴も土が乾いてこびりついてしまっている。これで無事牙を取り戻していたならば気分も上向きだったが、失敗していては落ち込むばかりだった。

外へ出ると木立が朝靄《もや》をうっすらと纏っていた。清々《すがすが》しい朝だ。青い空が少し目に痛い。

小屋裏の水瓶《がめ》で顔を洗い、揺れる水面《みなも》を鏡にしながら寝癖を直す。

水面に映る髪は黒いままで安心した。魔女には「狼になると術が解けやすくなる」と言われているから、極力変身したくなかった。術をかけてもらうにも対価が必要だし、魔女は気まぐれで必ずしも毎回かけてくれるとはかぎらないから、術はなるべく長く保《も》たせたい。

寝癖を直したあとで顔を洗った。母譲りの雪肌にうっすらと疲労が残ってしまっている。

魔女の術のおかげで体毛すべてが黒く染まっているから銀の瞳を縁取る睫毛《まつげ》も相まって、隈《くま》が一層濃く見えている気がする。

「……見慣れないなあ」

濡れた前髪の先を一束抓《つま》んで、エミルは独りごちた。

ゆらゆら揺れる水面に苦笑が映っている。線の細い女性的な顔立ちだ。

村で暮らしていたときは銀髪だったが、出てからは魔女の術でずっと黒に染めていた。

村でも銀狼は少ないが、けっしていないわけではない。それでも幼い頃から稀少《きしょう》だ稀少だと周囲に言われ続けて、少し煩わしさを感じていたのかもしれない。

そのため、銀色の髪が村でも浮いている気がして、幼い頃から黒髪に密かな憧れを抱いていたけれど、いざ染めるようになると元の銀色が恋しく感じられて、やっぱり黒髪は自分らしくないとさえ思えてしまう。

エミルは靴についた土を取り、布巾で上着の汚れを払った。

青色の天鵞絨《ビロード》生地は強めに擦《こす》ってもなめらかな光沢を失うことなく、目立たない程度まで綺麗《きれい》になってくれた。乾かしている時間などなく湿ったままで袖を通すと、朝食を取らずに王城へと向かった。

小屋から王城まで徒歩で結構な時間がかかる。城勤めの人々のほとんどが宿舎を使っているが、エミルは人に紛れて仕事をすること自体が不安で仕方がないし、術が解けたら銀髪を隠せない。同じ屋根の下で暮らすなんて到底考えられず、通いにしてもらっていた。

朝を知らせる鳥が鳴く頃に出発して、王城へ着く頃には木立の隙間に漂う朝靄もすっかり消えていた。昨夜から何も食べていないせいで空腹が限界にきている。裏の通用門で守衛に挨拶をして入ると、厨房《ちゅうぼう》で顔馴染《なじ》みのコックから焼きたてのライ麦パンと小さなリンゴを分けてもらい、朝食を取る使用人たちに混じって忙《せわ》しなく胃袋へ押し込んだ。

やっと腹が落ち着くと、またじわじわと不安が蘇ってきた。

コンラード・カルヴィネはエミルの顔を覚えていた。普段から極力顔を見られないように気を遣っていたし、そもそも城で働く者は何百といる。その一人を覚えているなんて大した記憶力の持ち主だ。

城の様子は今のところ特に変わりがないようだが、どんな情報が出回っているかわからない。普段通り挨拶を交わしながら仲間を探して、ダイニングルームでその姿を漸く見つけた。

「テオドールさん！」

「――エミル。三十分の遅刻だ」

「う……すみません」

エミルがダイニングルームへ入るなり、上着のポケットから懐中時計を出したテオドールは、挨拶代わりに厳しい一言を射ってきた。

人狼族の同胞とはいえ、成人も認められていない若輩者のエミルは、朝から威厳たっぷりなテオドールの雰囲気に萎縮するばかりだ。

「おはよう、エミル」

「おはようございます、テオドールさん」

「朝食は？」

「はい。さっき厨房でライ麦パンとリンゴを貰《もら》いました」

「少ないな。体力が続かないぞ。お前は痩せすぎだ」

「……すみません。気をつけます」

テオドールは王城で執事をしている男だ。正確な年齢は知らないが五十を過ぎた外見で、艶やかな黒髪に所々白髪が交じっていた。しっかりとした体つきで背も高く、知性と厳しさのあるオーラを纏っている。

長年執事をしているだけあって、王からも使用人たちからも信頼は厚いが、彼の本当の目的は王や貴族たちの動向を窺い、何かあったときは一族に危機を報《しら》せること――つまりスパイだ。

エミルのように成人になるための通過儀礼を行う若い狼を、城へ手引きしてくれる役目も引き受けていた。

「それで。朝から騒々しい声を上げて何用です」

「あの、それが……実は……」

彼の気迫に飲まれてつい脱線していたが、本題を思い出した。けれどここですぐには言えない内容でエミルは口籠もる。

ダイニングルームには二人の他にも、食器を準備するメイドが数人忙しなく働いていた。

テオドール自身も足を止めることなく執事の部下であるフットマンに仕事を次々と振っていく。

エミルもフットマンの一人だが、仕事の前に二人きりで伝えなければならないことがある。しかし朝の準備で忙しい時刻に執事を連れ出すのは難しい。

「私は厨房を見てきます。お前たちはこのまま準備を続けるように。——エミルは付いてきなさい」

「はいっ」

言葉を濁したエミルの態度にテオドールは何かを察してくれたらしく、指示を残してダイニングルームを出た。小さく安堵してエミルも後を追う。

「朝は忙しいんです。報告は手短に」

「はい。……あの……実は、……失敗しました」

「——また？」

テオドールが足を止めて振り返った。

ブラウンを帯びた黒い双眸《そうぼう》に落胆の色が見えて、おもわずしゅんとなる。彼は人狼族で最も尊敬される人物だ。その彼が見せる失望の表情は、エミルにも堪《こた》えた。

「またです。……すみません」

「お前のするべきことだ、私に謝罪しても意味はない。……しかし二度も失敗した者は初めてだな」

ストレートな言葉に、ぅう……。と、エミルは低く呻《うめ》いた。

「鍵は開けられたんですけど、そこで見つかってしまい逃げるしかなかったんです……すみません」

言い訳する声が徐々に小さくなっていた。

昨夜ライコネン家へ向かうエミルを、テオドールは仕事の手を止めてわざわざ見送ってくれたというのに、期待に応えられなかったどころか騒ぎを起こしてしまったなんて、失望されて当然だ。泣けてくる。

「顔を見られたのか？」

「はい。あのっ、それで、テオドールさんには何も連絡が来ていないですか？」

「いいや、私のところには何も」

「そ、そうですか……」

再び歩きだしたテオドールを追いながら、エミルは小さく驚くと、じんわりと嬉しくなっていた。

「あの人……本当に言わないでいてくれたんだ……」

「誰に見られた」

ホッとする間もなく、テオドールの険しい問いが投げられる。

「それが、貴族の方に……」

「まさかライコネンとは言うまいな」

ちらりと振り返ったその表情は先ほどよりも険しくて、エミルは慌ててかぶりを振った。

「いえ、カルヴィネ様に」

「コンラード・カルヴィネか」

はい、と、エミルはこくこくと頷いた。

「ならば運がよかったと思え。三大貴族の中ではマシな方だ。他の二人だったらもう……」

はあ、と、テオドールが軽蔑を込めた溜《た》め息《いき》を洩らしている。

「想像しただけでも頭が痛い。最悪の結果は免れたな」

「はい。あ、あのっ、カルヴィネ様はどういう方なのですか？　俺を泥棒と疑って、それでも助けてくれたことがなんだか不思議で……。お城で見るかぎりは穏やかそうな人でしたが、よく知らないですし……。他のお二人のことも教えてください」

「話が長くなる」

テオドールは露骨に嫌そうな顔をしてみせた。

「す、すみませんっ」

朝の忙しない時間に話を聞いてくれるだけでもありがたいことなのに失念していた。エミルは慌てたが、何の気まぐれかテオドールが足を止めた。

「……まあいい。何が役立つかわからないしな。——こちらへ」

厨房の入り口は目の前だが、テオドールは手前の角を曲がり地下のワインセラーへと下りていった。

ワインセラーは執事の庭だ。城で働く使用人たちを一手に纏める彼が、何よりの愛情と熱意を注いでいるのがワインセラーの管理である。

「アルヴィル・ライコネンのことは十分知っているだろう。五日に一度は王に甘えにくる」

鍵の付いた木戸を開けて中へ入ると、テオドールは火打ち石を打ち、オイルランタンを灯した。

セラーはひんやりとしていて、少し肌寒い。

「王の愛人……ですものね」

二人きりとはいえセラーは声が響く。自然と小声になっていた。

テオドールは灯りを点《つ》けたあと、胸の上で腕を組み煉瓦《れんが》の壁に凭《もた》れた。

「そうだ。あれは我が儘で強欲の塊だ。自分のことしか考えていない。仮にもし、あれが次代の王となったらこの国は終わりだな」

冷静なテオドールがそこまで辛辣《しんらつ》に言うのだから、相当の問題児と見た。

「オルヴァ様は狩りが得意だと聞きました」

「パーシオ・オルヴァはアルヴィルよりはマシだが、あれはあれで問題だ。お前の言うように狩りが得意で血の気が多い。短絡的で、アルヴィルとはまた別の意味で感情的だ。ようは戦好みなのだ」

「そんな人に捕まっていたら、俺きっと無事ではいられなかったですね……」

「おそらくな」

確かにコンラードも逃げるエミルを急《せ》かしていた。

「ではカルヴィネ様は」

「言っただろう。三大貴族の中ではマシな方だ。温厚で平穏、使用人にも分け隔てない。先の二人に比べて理性も知性もあるし、人望もある。しかもあの容姿だ。しかし欲がなさすぎるところがあるな」

「つまりはいい人ってことですか？」

「三人の中ではな。見つけられたのが彼で幸いだった。彼が何を思ってお前を逃がしたのかは知らないが、しかしそんなことは稀《まれ》だ」

「ライコネン様に立てる義理はないと仰《おっしゃ》っていました」

「正常な判断だな」

テオドールが冷ややかに嗤《わら》った。

「一度は助けられたとはいえ、まだ牙を取り返せていない以上、警戒を怠るな」

「……はい」

牙を取り戻せなかった現実を思い出して、エミルは落胆した。

恐怖のあまりチャームを発動してしまったことは黙っておこう。効果も短くて数分。持続しても三十分程度だし、一夜明けた今頃はもう何もなくなっている。それに甘い香りがエミルから放たれたものだとは気付いていないようだった。

「昨夜の件で警備も厳しくなっただろう。潜り込むのは至難だぞ」

テオドールの言葉にエミルは更に落胆した。

「暫く落ち着くのを待ちます。……これで隠し場所を変えられてしまったら一からやり直しですし」

「場所を変えるか、鍵を変えられるか。どちらにしても警戒はするだろう。状況はよくないな」

鍵を開ける練習だって、そう簡単なことではなかったのに。あと少しのところで巧くいかない悔しさに、気持ちが沈んでいく。

「私もここまで苦戦する者を見るのは初めてだが、だからと言って諦めることは許されない。銀狼を半端者として一族から追い出すわけにはいかないからな」

「――……」

劣等生としては、ただ項垂《うなだ》れるばかりだった。

通過儀礼に失敗したか諦めた者は大人として認められずに「半端者」と呼ばれ、一族から追放。以後独りで生きていかなくてはならなくなる。

人狼のほとんどが黒毛で、人の姿であれば人間と交わることも容易にできるが、銀狼となればそれが難しい。魔女の術に頼り続けるには経済的な負担が大きすぎる。全身の体毛を抜くなら話は別だが、結果的には森で孤独に生きていくことになるだろう。

今まで一人として銀狼から半端者が出ていないことも、エミルのプレッシャーになっていた。

「王の病状も深刻だ。もはや政《まつりごと》ができる状況ではない。おそらく近々王権放棄することになるだろう。そうなれば次代王の選抜がはじまる。状況が一層悪くなるぞ」

「……それは、もうじき狼狩りがあるかもしれないってことですよね」

「そうだ」

一瞬の躊躇《ためら》いもなくテオドールは頷いて、エミルは背筋が寒くなった。

「この国の王は世襲制ではなく、三大貴族の中から選ばれるのが決まりだからな」

この国では三大貴族のうちの一人が王になることは誰もが知っているが、王を決定する方法までは知られていない。というより寧《むし》ろ秘匿とされ、それを知るのは三大貴族と被害に遭う人狼族だけだ。

「俺は狼狩りを経験したことがないから、……怖い」

「恐ろしくない者などいない」

「もしそうなったときは」

「狩りがはじまったとしても、我らの村は森の深い場所にある。人にはそう簡単に見つけられないところだ。お前は牙を取り戻すことだけを一番に考えろ」

「……はい」

エミルは不安に疼《うず》く胸を押さえながら、暗い表情で一つ頷いた。

「お前はとにかく人目に付かないように。私仕えではカルヴィネに見つけられる可能性があるから暫くは雑用係をするように」

「ホールボーイですか」

執事仕えであるフットマンの下で働くのがホールボーイで、食器磨きなどの細かい仕事から薪《まき》や石炭を運ぶ力仕事まで任されて、とにかく休む暇のない役職だ。

エミルが王城で働きだして三ヶ月ばかりの間はこの雑用係を任されていたが、仕事が山積して夜にはふらふらになっていた。それを思い出してつい声に出すと、テオドールが目を細めた。

「不満か？」

「……いえ」

「ホールボーイが嫌ならば、一日も早く牙を取り返して城を出ろ。お前のその髪がいつ銀に戻るかと、私も心配しなくて済む」

「……精進します」

そう言いながらも、しゅんと肩を落とした。

話し合いを終えて地下のセラーを出ると、皆は朝食の準備で慌ただしく動いていた。王は重い病で寝室から出てこられないが、王の近親者たちは揃《そろ》ってダイニングルームで食事を取る。使用人たちは今その準備に忙しく、厨房はあちこちで怒声が飛び、さながら戦場のようだ。

テオドールが厨房へ入ると、騒々しい周囲をぐるりと見渡して懐中時計を見た。

「間もなく皆様席に揃われます。準備は滞りなく正確に！」

執事の声を合図に厨房は一層熱を増した。

「エミル、お前は――」

『カルヴィネ様！』

『お待ちください、カルヴィネ様ッ』

「――え？」

厨房の外から聞こえたメイドたちの騒がしい声に、エミルは振り返った。

「この忙しいときに、なんの騒ぎだ」

指示を遮られた執事が怪訝な顔をすると、慌ただしい厨房に金髪の青年が飛び込んできた。

「――ッ」

コンラード・カルヴィネ！

襟足まで伸びた金髪と白皙《はくせき》の容貌の青年の登場に気付いたエミルは、目を見開いて咄嗟に口を押さえた。

執事の陰に隠れながら、危うく声を出しそうになってしまったことに焦る。突然の登場に驚いてすぐさま隠れたが、これでは逃げられない。青ざめるエミルをテオドールがさりげなく庇《かば》った。

「おはようございます、カルヴィネ様。このようなところへいかがなさいました」

「おはよう、テオドール。突然の登城すまない。どうしても会いたい者がいるのだ。お前の下で働いているフットマンの一人に黒髪の青年がいるだろう」

「黒髪のフットマンならば、三名おりますが」

「銀の目をした青年だ」

コンラードは間髪入れず答えるばかりか、若干食い気味だった。

「……さて、そんな色の目をした者がいたでしょうか」

それをテオドールは素知らぬ顔で受け流したが、背後に隠れているエミルはドキドキしっぱなしだ。忙しく働くコックたちからちらちらと向けられる視線が痛い。

顔を覚えているばかりか目の色まで把握しているなんて、普段からよっぽど見られていた証拠だ。

今まで全然気付かなかった事実に、エミルはどう考えていいのかわからず、複雑な気持ちになった。

「いるはずだ。城へ来るたびに彼を見ていたから間違いはない。特に目を惹く者なのだ。……その、一際美しい青年だと思う」

そんなことを言われて、少し気恥ずかしさを覚えた。

「では、あの子のことでしょうか……。フットマンは眉目秀麗が絶対条件ですから、一概に彼とは言い切れません。――しかしあなた様のようなお方が、一介のフットマンに何用ですか」

「彼と直接話がしたい」

「どのような？」

「それは言えない。彼と二人だけで話したいのだ」

「先ほど私が仕事を言いつけてしまったので、手が離せないかもしれません」

コンラードの熱の籠もった頼みにも、テオドールは冷厳で一切揺るぐことがない。

王は国を治めるが、執事は城を治めている。つまりはこの城一番の陰の実力者が、そう簡単に揺らぐはずもない。

しかしテオドールの背後に隠れるエミルは、脅えと緊張でぐらんぐらんと揺らぎっぱなしだ。逃げたいのに逃げられない状況で冷や汗を掻いているし、動揺していつチャームが出るかとビクビクして呼吸すらままならない。

「テオドール。私の無作法は詫びよう。あなたが礼儀を欠く行為を殊更嫌っていることも承知の上だ。

それでも彼に会いたいのだ。頼む」

「謝罪など必要ありません。ここは私を含めて使用人が働くところです。ましてや今は朝食の準備で一番忙しい時間ですから、どうかご退出を」

厨房で働く皆が二人に注目していた。テオドールの陰でじっと隠れるエミルには、彼らがどんな表情をしているのか見ることはできないが、息苦しいほどの張り詰めた空気だけは感じている。

いよいよ逃げられなくなってきた気がして、エミルは困った。

「カルヴィネ様、さあ、ご退出を。朝食はいかがなさいますか？」

「テオドール。茶番はそろそろ終わりにしてくれ。――お前の後ろに隠れているのが、その彼だろう。なぜ隠す」

「――ッ」

気付かれていた！

恐怖心が一気にエミルを総毛立たせて、その瞬間、咄嗟にその場を逃げ出した。

「待ってくれ！」

コンラードの呼び止める声を背中で聞きながら、エミルはコックたちの隙間を縫い、勝手口から飛び出した。あとは振り返ることなく無我夢中でひたすら走った。

「お待ちください」

エミルを追いかけていこうとした直後、テオドールに呼び止められてコンラードは苛立《いらだ》ち気味に足を止めた。

「まさか追いかけるおつもりで？」

「悪いか。お前こそ、私は彼と話したいだけなのに、隠した理由は一体なんだ」

「次期王候補のあなた様がフットマンにうつつを抜かしているなどと、悪い噂が立ってはいけませんから。私なりの心遣いです」

「いらぬ親切だ」

「あなた様が言うように、あの子は一際美しいですからね。カルヴィネ様がご執心と知られれば、使用人たちから妬まれるかもしれません。あなた様とあの子を想ってのことです」

「いらぬ親切だと、言ったばかりだ。――二度も言わせるな」

らしくないほど冷ややかに言い捨てると、コンラードはエミルを追いかけて厨房を飛び出した。

追いかけようとした直後にテオドールが呼び止めたのは、足止めするのが目的だろう。おかげで時間を食ってしまった。

焦りと苛立ちに胸を焦がしながら彼の後を追うが、既に姿は見当たらない。どこかへ隠れたのか、それともまだ遠くまで逃げているのか。

「恨むぞ、テオドール」

コンラードは呟いて、辺りをぐるりと見回した。

厨房の裏は井戸や洗い場、鶏《とり》や兎《うさぎ》などの家畜小屋があった。他にもハーブや野菜畑、そして使用人の宿舎らしき煉瓦の建物がある。

子供の頃から城を訪れていたが、使用人たちが働くスペースへはほとんど足を運んだことがない。ましてや居住スペースなど見たこともなかった。

逃げるとしたら宿舎だろうか。しかし彼の部屋がどこにあるのか知らない。ここは勘を信じて闇雲に探し回るしかないか。

半ば諦めかけて走り出したそのとき、遠くで女性の怒り声が聞こえてきた。

『仕事もしないで何してるの！　また洗い直しじゃない！』

ヒステリックなその声を頼りに、コンラードは走る方向を変えた。

＊

ひとまず厨房から遠ざかったあと、どこかへ隠れようと決めて、エミルは宿舎を目指して走った。

途中家畜小屋を横切り野菜畑を抜けていくと、洗濯場に出てきた。

女性たちがおしゃべりしながら洗濯している姿を横目に足早に抜けていく。

「エミル、おはよ！」

同じ年頃のメイドが弾んだ声で手を振ってくれた。「おはよ」と気恥ずかしくなりながら返して、シーツが揺れる物干し竿《ざお》の間を抜けていく。

洗い立てのリネンのシーツが風に大きくはためいていた。

汚れ一つないまっさらなシーツが目に眩《まぶ》しい。洗剤の香りも気持ちがいいし、ころころと笑うメイドたちの声も恐怖心を忘れさせてくれる。

コンラード・カルヴィネはまだ追いかけてきているだろうか。漸く振り返って、先ほど来た道を遠目に凝視したが、彼が追ってくる姿は見えなかった。

もしかしてテオドールが追い返してくれたかもしれない。足止めしてくれたはずだし、このまま宿舎の物置部屋にでも隠れていたら、そのうち諦めてくれるだろう。

行き先が決まって踵を返すと、目の前でシーツが大きくはためいた。「わっ」と驚きの声を上げて蹌踉《よろ》めくと、背後でもシーツが大きく膨らんでエミルの躰を撫《な》でていく。

　昨夜森を走って制服を汚していたのを思い出した。今朝拭いてきたとはいえ、シーツに汚れがついてしまったら大変だ。エミルは早足で過ぎていくと、またシーツが視界を遮る。手で押さえながら通り抜ける直前、メイドとぶつかった。

「あっ、ごめん！」

　はためいたシーツに小柄な躰が隠れて、見えなかった。

　先ほど挨拶してくれた若いメイドが尻餅をついて、その拍子に籐の籠から洗い終えたばかりのタオルが何枚も芝生の上に落ちてしまった。

「大丈夫？　さあ、手を」

　若いメイドに手を差し出すと、洗い場から「エミル！」と怒鳴られた。

「仕事もしないで何しているの！　また洗い直しじゃない！」

　洗濯長がまん丸の顔を赤くしながら仁王立ちで怒っていた。先ほどまでころころと笑っていたのに、凄《すさ》まじい豹変振りにエミルの顔も引き攣《つ》る。

「ごめんなさいっ」と、慌てて彼女を起こしてから、芝生に落ちたタオルを拾い籠へ戻した。

「あなたが汚したんだから、あなたが責任を持って洗いなさい！」

　拾っただけでは洗濯長の怒りは静まらないらしく、少し離れた洗い場から大声で命令してくる。

「あ、ぅう」

困った。洗濯長の大声で彼に気付かれてしまうかもしれないのに、更に洗濯をしろだなんて大ピンチだ。焦るエミルを若いメイドが憐《あわ》れみの目で見ながらも笑っている。

「あたしも手伝ってあげるから」

その気持ちは嬉しいが、今はそれどころではない。とはいえ、コンラード・カルヴィネが追いかけてきているという確証もなく、エミルが若いメイドに連れられて渋々洗い場へ行くと、作業中のメイドたちが手を止めて急に色めきだった。

頬を赤くしながら見つめる先には、こちらへ真《ま》っ直《す》ぐ走ってくる男の姿がある。やはり追いかけてきた！　エミルは若いメイドの手を払い、再び走り出した。

「エミル！　どこへ行くの！」

青年貴族に頬を赤らめていた洗濯長が、また一瞬にして怒り顔になった。

「ご、ごめんなさい！　今度手伝いますからっ……！」

切羽詰まった声を残してエミルは逃げる。そうは言ったが、次に顔を合わせたら洗濯長にこっぴどく怒られそうだ。

それもこれも彼が追いかけてくるせいだ。さすがに狼の姿にはなれず、エミルは全速力で走った。とはいえ、人の姿では思うように速度が出ない。

「待ってくれ！」

すぐ後ろで男の声がして、エミルは尚も必死に駆けた。

宿舎を越えると、馬小屋がある。その先は荷馬車を通すための石畳の通路が続いていて、使用人や行商人が使うための裏門がある。

こうなったら城を出て、森に隠れてしまおう。今は一刻も早く彼との距離を広げなければ。焦る気持ちがエミルの足を速くしていった。

「待ってくれっ。私の話を聞いてくれっ」

呼ぶ声が背後に聞こえる。乱れた吐息と足音が間近に迫っている。

「何もしない、君と話がしたいんだッ。頼む！」


——エミル！


名前を呼ばれた直後に、ぐっ、と肩を強く摑《つか》まれた。その拍子にエミルの膝が折れて、躰が後ろへ大きく蹌踉《よろ》めいた。

「あっ……！　アッ」

「あぶないっ」

がくりと腰が落ちて地面に倒れる寸前、背後からエミルの躰を支えるように、彼が抱き締めてきた。

小柄なエミルの躰が腕の中にすっぽりと収まった途端に、彼の髪が頰《ほお》を撫でてくる。くすぐったさに肩を竦《すく》めると、——ふわり、と香油か何かの芳香が鼻腔《びこう》を抜けていった。

「……──ふ、っ……！」

品のいい香りに気が付くと、カーッと顔が熱くなるのを感じる。エミルの鼓動がまた早鐘を打ちはじめた。

顔がどんどん火照ってくると、耳の先までジンジン痺《しび》れてきた。瞬きを忘れた瞳は大きく見開いたきり、じわじわと涙が滲んできて視界が霞《かす》みはじめている。これはマズい。

「漸く捕まえたぞ。エミル、それがお前の名前だろう。さっきメイドが怒鳴っているのを聞いた」

「……ちっ」

違う。という一言が口から出てこなくて、エミルは魚のように口をぱくつかせた。

「私はコンラード・カルヴィネだ。お互い顔は何度か合わせていると思うが、こうして近くで話をしたのは初めてだな。──いや、昨日以来だ。私がお前の顔を見間違っていなければ、だが」

「……っ、……っ」

別人です。そう言いたいのに、緊張と混乱で声が出てこない。

エミルは今、三大貴族の一人で、次期国王候補の男に背後から抱き締められながら、宿舎前の木の下で地べたに座り込んでいた。

一介の使用人でしかないエミルが、崇高な身分の男性に抱き締められること自体あり得ないというのに、相手は何の躊躇《ちゅうちょ》もなくそれをして、しかも地面に尻をつけている。

エミルが蹌踉めいたせいで、貴族様にこんなことをさせてしまったとテオドールに知られたら、こっぴどく叱られそうだ。いや、頬を赤らめていた洗濯長の怒声が飛ぶだろう。

あとのことを考えると最悪な想像しかできずに、エミルはくらくらした。その間も顔は真っ赤で、呼吸が上がっている。早く落ち着け。早く——と、強く言い聞かせるのだが、背中から伝わってくる彼の体温のせいで、どうしても巧くいかない。寧《むし》ろ酷くなってきているかもしれない。

「もう大人しくしてくれるか？　ならば腕を放そう」

ガクガクと激しく頷いて、エミルは四肢を強張らせた。彼が手を離したら、すぐさま逃げよう。

「離したら、即座に逃げるような雰囲気だな」

「ちっ、違っ、そ、そ、そんなっ……そ、そんなっ」

見透かされていたと内心焦りながら、ぶんぶんとかぶりを振って訴えた。

「そうか？　ならば私の目を見て誓えるか？」

「……——っ」

目を見て。

誓えるか？　——なんて、そんなこと恐れ多くてできるわけがない。

彼は貴族だ。普通の人間とは家柄も育ちも、寿命すら違う。

まさに特別な存在のその人が一体何の気まぐれなのか。エミルをからかって遊んでいるのだろうか。

「ふむ。やはり偽りか。ではお前が私の問いに答えてくれるまで、このままだ」

それは困るっ。恥ずかしくて心臓がどきどきしていて、いつ何時チャームが発動するともわからないというのに。今すぐにだって距離を置きたいのを、ぐっと堪えているのだ。

「みっ、見ますっ。見ますから、……て、手を離してくださいっ」

「ならば、さあ」

穏やかな声音が誘い、怖々と後ろを見ると間近にある蒼《あお》く澄んだ瞳とかち合った。

「〜〜〜……ッ」

ボッ！　と、顔に火が点いた——そんな気がした。

途端、全身から熱波が吹きだして、周囲に独特な香りがぶわりと広がり、一気に収束していく感覚は紛れもなくチャームだ。二度目の失態にエミルは青ざめた。

「あっあの…っ」

チャームをもろに受けたコンラード・カルヴィネは少しの間呆然《ぼうぜん》として、エミルの声に我に返ったようだった。瞬きをする目蓋が少し重たげに動いたあと、じっとエミルを見つめてくる。

酔ったような双眸だ。完全にチャームが効いている。

「どうか、手を。……俺、ちゃんとあなた様の目を見ました。だから手を離してください」

「あ……ああ。——今、眩《くら》むような甘い香りがしたのだが……洗い場の洗剤か？　いや、まさか。昨夜も同じ香りを嗅いだような気がするが、お前は知っているか……？」

「知りません。知りませんから、どうか手を離して。仕事に戻らないとテオドールさんに叱られます。それにあなた様をいつまでもこんなお姿にさせておけません。ですから、どうかっ」

「いや、駄目だ。私はまだお前に何も訊《き》いていない。なぜ昨日お前はあんなことをした？　騒ぎを起こして何か意味があったのか？」

「何のことだかわかりません。どうか、腕を放して……っ、……わっ」

首筋に熱く湿った吐息が触れて、エミルは弾んだ声を上げた。

「カ、カルヴィネ様っ」

彼の吐息は浅く乱れていた。

異性同性関係なく発情させてしまうのがチャームの能力だ。しかし朝の明るい宿舎の前で、いつ誰が来るともわからないところで、次期王候補の彼を興奮させてしまうなんて絶対に許されない。

「お、お気を確かに！」

「初めから気は確かだ。とはいえ少しだけ無茶をしているとは思っているが……」

彼は大きく息を吐き出すと、更に続けた。

「ライコネン家の森で昨夜銀狼を見たのだ。お前は同じ方向へ逃げただろう。そのときに銀狼を見なかったか？」

「し、知りませんっ。銀狼なんて知りませんっ」

銀狼の姿まで見られていたなんてショックだった。

「カルヴィネ様。どうか手を離してください。ここでは誰が来るかわかりません。お願いしますっ」

「急に饒舌《じょうぜつ》になったな。私は間近でお前の顔を見て確信した。やはり昨夜ハーブ園で出会ったのは、エミル、お前だ」

違うと言えばごねそうだし、しかしそうだとも言えない。早く手を離してほしい気持ちでひたすら焦る。

「そうだと言え、エミル」

迫る声が掠《かす》れて、やけに色っぽかった。

耳のすぐ近くで囁《ささや》かれ、吐息で撫でられるくすぐったさと、恥ずかしさでまた発情を誘う香りが出てしまいそうで怖い。コンラードの腕の中でエミルは背中を丸めながら、四肢を強張らせて小刻みに震える。

「エミル」

「～～…っ」

甘い声に背筋がゾクッと痺れた。

じわり、とまた全身から熱が溢れ出てしまった感じがする。

反射的に背中が小さく仰《の》け反《ぞ》って、エミルはまた腕の拘束を解こうと藻掻いた。

「暴れるな――こらっ…エミルッ」

「ぁッ……！」

腕の力が緩んだ一瞬の隙を突いて、エミルは飛び出した。すぐさま腕を摑まれてしまい、今度こそ地面に倒れ込む。そのうえ更にコンラードがエミルに馬乗りになろうとするので、また必死に抵抗した。

「暴れるなと言ってるっ」

「俺から離れてください！」

見下ろす蒼い双眸がギラギラとしていた。肉欲を露《あら》わにした彼の表情を目にしたのは初めてだった。いつも城を訪れる彼は温厚で紳士そのものなのに、これではあまりの変貌振りだ。その原因を作ってしまったのはエミルの能力なので、申し訳なさで胸がいっぱいになる。

目尻に涙を滲ませながら抵抗を続けるエミルの二の腕を、コンラードが強く摑んだ。

「私の意思は変わらない。お前こそ諦めろ」

「諦めるなんて無理です。カルヴィネ様こそ、使用人などに構うのはやめてくださいっ」

「使用人は関係ないだろう。――ああ、本当にお前は諦めが悪いなっ」

「わっ、ちょっ……カッ、カルヴィネ様ッ」

強く腕を引かれて半身を起こされたと思ったら、そのまま肩に俵担ぎされてしまった。

「下ろしてください！　お願いですから、今すぐ俺を下ろしてください！　カルヴィネ様ッ」

軽々と抱き上げられて焦るエミルを無視し、コンラードは大股で歩いていく。早すぎるくらいの速度と、穏やかさの欠片もない強引さを見れば、まだチャームが効いているのは明白だ。

「カルヴィネ様ッ。お願いです、どうか下ろしてくださいッ」

「暴れるな。怪我をするぞ」

「でもっ……カルヴィネ様ッ」

エミルは涙まじりに訴えたが受け入れられないまま、宿舎裏の馬小屋まで来ると、コンラードの姿を見つけたお世話番が小屋から出てきた。

「馬を貸してくれ！」

直ちに馬車を用意すると言う使用人を断り、一頭だけ拝借した彼は、エミルを先に馬に乗せて自らも後ろに跨《また》がった。馬はエミルが人狼と気が付いたのか、かぶりを振って嫌がったが、コンラードはすぐに宥めると手綱を持った。

「馬は後ほど屋敷の者に届けさせる」

お世話番に言い残して、コンラードは馬の横腹を蹴った。

「ま、待ってッ！　カルヴィネ様！　カルヴィネ様ぁッ……！」

馬に乗った経験などないし、人狼を恐れた馬がいつ何時暴れだすかもしれない不安に焦った声を上げたが、蹄《ひづめ》の音に掻き消された。

「〜〜〜……！」

どこへ連れて行かれるのかわからない恐怖に脅えながら、エミルは彼の胸の中で縮こまっていることしかできなかった。

＊

「お帰りなさいませ」

　馬が脚《あし》を止めると、誰かの声がして、エミルは漸くおそるおそる目蓋を開いた。

　初めて目にする屋敷のアプローチだ。石造りの古い館で、王城よりも小ぶりだが重厚感のある建物だった。庭も綺麗に手入れされていて、遠くに広大な庭と湖が見える。

　コンラードは馬を下りると、「さあ」と、手を差し伸べてきた。

　馬の上で躊躇するエミルを抱きかかえて、軽々と下ろされる。漸く悪夢のような時間が終わった……と、安堵の息を吐く間もなく、エミルはコンラードに抱きかかえられたまま屋敷に入り、どこかへ連れて行かれる。

「え!?　ちょ、ちょっとっ、ここはっ」

「私の屋敷だ」

「カルヴィネ様の!?　なぜですか！　なぜ、あなた様のお屋敷に俺がっ!?」

「悪いが、今はお前の質問に答えている余裕がないっ」

　エミルの問いを乱暴に払って、主人の帰宅を使用人やメイドたちが頭を下げながら迎えていくなか、コンラードは絵画に彩られた長い廊下を抜けていった。階段を上がりきり重厚な扉を開く。

扉を開けるのは使用人の仕事だが、慌てて追いかけてくる青年に「付いてくるな！」と感情的な態度で命令した。

きっとそんなコンラードを見たのは初めてのことなのだろう。使用人の青年は酷く驚いた様子で、その場に立ち竦んでいる。これもすべて自分のチャームのせいだと、エミルはコンラードの肩越しに胸を痛めた。

扉の向こうは広い寝室だった。

飴《あめ》のように艶やかな光沢を持ったチェストや、見事な飾り彫刻が施された天蓋付きのベッドがでんと置かれている。

綺麗に整えられたカバーの上にエミルは落とされて、逃げる間もなく肩を押さえられた。

「な、何をする気ですかっ」

エミルは銀の瞳を見開いて、声を震わせる。

「………自分でもわからない」

コンラードは声を搾り出すように言ったあと、苦しそうに大きく息を吐き出した。

ふーふー…と浅く乱れた獣のような呼吸と、餓《う》えに餓えて充血している青い双眸が怖い。

既に頬が桃色に上気しているし、こめかみにもうっすらと汗が滲んでいて金の髪が張り付いている。

エミルの肩を摑むその手も酷く熱い。

「お前から目が離せない。……いや、触れたい。……お前に……触れたい」

「い、いけませんっ。あなた様は次の国王候補ではないですかっ。俺のような者に触れるなんて、絶対に許されませんっ」

「許す許さないは、この私が決めることだ」

蒼い瞳が間近に迫り顔を逸らすと、吐息が首筋に触れてきた。

「ひぁっ」と驚きの声を上げて肩を竦めたエミルの耳の下に、柔らかな感触が這う。それが彼の唇だと知ると四肢が強張った。

「――っ…！　カッ、カルヴィネ様ッ、だ、駄目っ」

――焦ったせいで、また厄介な力が全身から溢れ出てきた気配がする。

未熟なエミルでは、チャームをコントロールできない。感情が昂ぶるたびに全身から溢れ出てきて、結果的にコンラードを益々《ますます》煽《あお》ってしまう。

しかしチャームのことをコンラードに伝えるわけにもいかずに、焦《じ》れったい時間だけが過ぎていく。

とにかく一度彼から離れなければ。切に思いながらコンラードの胸や腕を押したが、小柄なエミルでは長身の彼を引き離すことができない。人間よりも人狼のほうが力があると思っていたのに、ぴくりともしてくれない。

「カルヴィネ様、どうか落ち着いてくださいっ。あなた様らしくないですよっ」

「コンラードだ、エミル。私の名を呼べ」

「そ、そんなこと恐れ多くてできませんっ」

耳元で言われて、くすぐったさにうなじがざわめいた。

首筋を仰け反らせながらエミルが微かに喘《あえ》ぐと、彼の手が上着の前を開いて、シャツのボタンまで外しはじめた。

「駄目ですっ」と腕を掴んだが、ボタンが弾け飛びそうな強い力で容赦なく外していってしまう。

「お前なら許す。――いや、寧ろ名を呼んでくれ」

「そんなっ……ぁっ……っ」

熱の籠もった言葉とともに開けたシャツの隙間から手が入り込んで、左の胸を撫でられた。

火照った手の平が乾いた肌の上を滑り、小さな突起の形を確かめるように指先が行ったり来たりする。くすぐったさと戸惑いに焦るエミルは、コンラードの下で必死にかぶりを振って訴えたが、行為に夢中になっている彼は、耳の裏や首筋、そして顎へ啄《ついば》むようなキスを繰り返す。

シャツの上からしきりに弄《いじ》られて落ち着かない。それでも逃れようと抵抗するエミルの脚が、ベッドカバーを蹴る。

点々と落とされる軽いキスが喉仏を火照らせた。やがてそれは鎖骨へと落ちていくと、吸い付くような執拗《しつよう》なものに変わってくる。冗談では済まされないようなキスだ。彼がどれほど餓えているのか、エミル自身の躰に刻まれていくような。

「ふっ、……く……っ……、だ、だめ……っ」

湿った唇が肌を濡らしてくる。さっきまでの感触と違うと思ったら、舌が胸の谷間を舐《な》めているではないか。ねっとりとした柔らかな感覚にエミルは戸惑い、歯を食い縛ると、右胸の突起が食《は》まれた。

「はっ……っ！」

粘膜が隙間なく密着して、舌がうねうねと卑猥《ひわい》に動きながら突起を濡らしていく。ふいに甘噛みされて、エミルは背中を浮かせた。

軽く胸が仰け反った隙に彼の手が腰へと回り、ズボンの上から左右の尻の膨らみを撫でてきた。大きな手の平が形を確かめるように包み込んでくる。そんなところを執拗に触られたのは初めてだ。こそばゆくて、じっとしていられない心地にエミルは身を捩《よじ》る。

コンラードは無言のまま、荒い呼吸を繰り返していた。話す余裕もないのかもしれない。そこまで狂わせてしまったことに強い罪悪感を覚える。

突起を貪るキスが更に下へと落ちていき、吐息が脇腹をくすぐり、腹の柔らかなところを撫でていく。臍《へそ》まで辿り着くと、また執拗なキスがはじまって、慣れない行為にエミルはコンラードの肩を押して抗った。

「駄目っ、駄目です…、お願いですから、も……やめて……——ぁ、あっ！」

黙れと言わんばかりに臍穴を舌先が穿《ほじく》り、びくっと腹を引き攣らせた。

ズボンの前を開かれて、下着ごと下ろされてしまった。唐突に性器が露わになって、羞恥で全身が熱くなる。

（駄目だ！）と焦ったときには、既にチャームが発動していた。

「は…っ」と、コンラードが息を呑《の》み、深く俯《うつむ》きながら肩で息をしている。剥き出しになったそこに熱く激しい吐息がかかり、恥ずかしさのあまりエミルが手を伸ばすと手首を摑まれた。

「なぜだ……、……なぜだ……なぜこんなにも昂ぶる……」

掠れた声を搾り出して、コンラードがゆっくりと頭を上げていった。

顔が上気して、額やこめかみが汗で濡れている。頬を伝う汗が顎の先から落ちて、エミルの腹の上で砕けると、手の甲にくちづけをされた。皮膚を熔《と》かすような口腔内の熱から、彼の激情が怖いくらいに伝わってくる。

「カ、カルヴィネ様、どうか、も……もう、やめてください。こんなことしちゃいけない」

「名を呼べと言ったはずだ、エミル」

そんなことは無理だ。かぶりを振ると、再び吐息のかかる距離まで迫られた。

あっ、と驚きの声を零す間もなく唇を貪られ、エミルは目を見開いた。

「んっ、んんっ…っ……んっ！」

誰かとくちづけを交わすなんてこと、初めてだった。

吐息すら飲み込まれるような激しい求めに、エミルは呻きながら顔を逸らそうとしたが、顎を摑まれてしまい逃げられない。寧ろ更に密着するような角度にされて、唇の隙間から舌が滑り込んできた。

「ん！　んんっんー…ッ」

隅々まで舐め回す舌の生々しい動きに、肩がピクピクと小さく跳ねた。

次第に息苦しくなってきてエミルが必死に呻くと漸くくちづけが終わって、安堵しながら大きく息を吸い込んだ。

「はっ、……はっ」

激しく呼吸を乱して途中咳《せ》き込むなか、コンラードがまた首筋に顔を埋めてくる。さっきよりも激しいキスが幾度も落とされて、そのたびに皮膚が引き攣るようにチリリと痛む。

「も…っ、だめっ……——ぁ！　アッ」

息も絶え絶えに訴えた直後、いきなり性器を握られた。

エミルが大きな声を上げて驚くと、下唇を甘噛みされて、またくちづけが吐息を塞ぐ。舌を絡められて、唾液を啜《すす》られるような行為のなか、性器を握った手が根元から先へと動いた。

「ンぁッ、あう！」

腰が弾んで、踵《かかと》がベッドカバーを蹴った。

押さえつけるような強い愛撫《あいぶ》で刺激されては、健康な男として反応しないわけがない。二度三度としごかれると、たちまち芯を付けて固く張り詰めてしまった。

その間もコンラードはエミルの唇を甘噛みしたり、顎を執拗に舐めたりしている。下芯からの鋭い快感と、くちづけを欲しがる生々しく柔らかな愛撫が同時にエミルを犯して、初めて味わう感覚に混乱した。

「やめ……手、はなし……ん……んんっ……、……か、カルヴィ、さま……っ」

「お前は本当に頑固だな……少し憎いぞ」

「あ！　アッ、ゃ！　ああぁ…ッ」

搾り出すような幹の強いしごきに、腰が勝手に浮いてガクガクと震えていた。悲鳴にも似た声に混じって、湿った水の音がくちゃくちゃと鳴っている。彼の手の動きに合わせるように性器の先から透明な汁が断続的に噴いて、全身が汗を帯びた。

それでも尚、コンラードの無遠慮な愛撫はやまずに、手の平全体で亀頭を揉《も》みだした。手の中で一際敏感な先の穴が擦れて熱い。

「あ、あ、あっ、ヤッ、ゃですっ……だめっ、そこ、こ、こすらないで、くださ、ぃ……！」

切実に頼んでいるのに、愛撫する手は止まるどころか一層強くなって、親指が溝と小孔《あな》を擦り穿《うが》ってきた。

「ひ、ぁ！」と、甲高い声を上げた途端に、また汁が飛沫《しぶ》いた。

同時にエミルの躰から淫香が溢れ出てしまった。愛撫されればされるだけ、コンラードを挑発してしまうことがもどかしい。

「は、ぁあ……っ、……く……っ」

コンラードが苦しげに呻いて、ぶるっとかぶりを振った。

汗がぼたぼたと顎から落ち、のぼせたように顔を赤くしている。重たげな目蓋の下で蒼い目がエミルを一心に捕らえて放さない。喰《く》らいつくようなその視線にエミルは脅える。

「お前に触れるほど全身が熱くなっていく……何者なんだお前は……一体私をどこまで熱くさせる気なんだ……エミル」

「お、俺は……ち、違う……っ」

自分でも制御できない能力のせいだ。苦しめるつもりなんてないのに、行為が深くなるほど、彼を追い詰めていってしまう。

「私の本能がお前を求めているからか……？　なあ、エミル」

乱暴なほどに強くしごかれて、エミルは腰を浮かせ彼の下で仰け反った。

「ンぁ！　あぁぁああ……っ！　だめ！　だめですっ、お願いっ、つ、強くしないで！　イヤッ、嫌です……！　ぉ、おかしくなる！　おかしくなるからぁ……！」

強すぎる快感を受け止めきれずに泣きながら、エミルは彼の肩に腕を回してしがみついていた。

「お前の声は私を激しく疼かせていく……もっと聞かせてくれ、エミル」

コンラードは細い腰に腕を回してエミルを抱き締め、首筋を唇で愛撫する。

汗ばむ肌にキスをするたび唇が吸い付いて、吐息が一層躰を熱くさせていく。一方で性器をしごく手が激しい水音を立てながらエミルを限界まで追い詰める。

根元から先へと強く絞られるたびに、中が甘く鋭く痺れて射精感を伝えてきた。じっとしていられない快感に腰が揺れている。時折陰嚢《いんのう》を揉みしだかれて、更に奥にある会陰を圧《お》されると、言い表せない衝動が体内から込み上げてきて、そのたびにエミルは声も出せずにわなないた。

コンラードの手はエミルの出したものでどろどろだ。エミル自身の性器もふやけるほどに濡れて、股全体が熱くてたまらない。特に屹立《きつりつ》したそれがジンジンと痺れていて、中から爛《ただ》れてきそうだ。

愛撫に濡れた手が再び幹を擦ってきた。

しとどに濡れたそこはよく滑り、しごく手を円滑に動かせる。

「あ！　あ！　あッ！　――ぁっ、ヤッ、やぁ！　だめ！　出ちゃう！　出ちゃううぅう……！」

ガクガクと腰が大きく震えるなか、躰の奥深くから大きな何かが込み上げてきた。

初めて味わう感覚におののきながら吐息を大きく震わせると、体内を掻き毟《むし》るような衝撃に襲われて意識が一瞬途切れた。

「あ……！　い、――――……！」

エミルは四肢を強張らせながら、コンラードの愛撫で精を放った。

「あうッ、ぁ！　ああ……――ッ」

初めて誰かの手によって絶頂へと導かれた衝撃に、躰が驚いている。

二度三度と痙攣《けいれん》する間、彼の手の中で繰り返し飛沫《しぶき》を上げていた。――やがてそれも落ち着くと、エミルは漸く脱力して、ぐったりと四肢を投げ出した。

「は……ぁ……なに、これ……」

体内で何かが弾けて、全身から一気に噴き出したような感覚だった。

チャームを出してしまったときに少し似ている。でも衝撃は桁《けた》違いの威力だ。一瞬だけ気が遠くなってしまい、気絶するかもしれないと怖くなった。

今も全身が泥のように重たくて力が入らないし、指の先までぐったりだ。火照った躰が汗に濡れたシャツに張り付いて気持ちが悪い。

コンラードは手の平をぐっしょりと濡らしている浅ましい液体を、呆然としながら凝視していた。指の隙間から白濁した精が零れると、糸を描いて垂れていく。

「ゃ……、……見ない、ください……ごめんなさい……っ」

尊ぶべき方の手を浅ましい欲望で穢《けが》してしまっただなんて、本来ならばあり得ないことだ。

エミルは掠れた声でたどたどしく謝罪したが、コンラードは怒るどころか顔の近くで目を凝らしている。恥ずかしさに手を伸ばしたが、反対の手で摑まれてしまった。

「恥じることはない……とても艶めいていて凄絶だった。……私の手で喜悦へと導いたと知って、目が離せなくなっていた……」

「そ、そんなことを言われると、余計に恥ずかしいですから……も…やめてください」

「恥ずかしいか……そうだな」

コンラードが繰り返して、ごくりと喉を鳴らした。

エミルの頭上でコンラードが上着を脱ぎ捨てると、ネクタイを解いてシャツのボタンを胸の下まで外していった。

急に脱ぎはじめた彼の余裕のない手つきを不思議に思いながら眺めていると、ベッドを下りて奥の扉へと消えていく。それからすぐにコトコトと微かな物音が聞こえ、ほどなくして戻ってくると彼の手には硝子《ガラス》の小瓶があった。

再びベッドへ戻ったコンラードは、小瓶を脇に置いてエミルの右脚を高く持ち上げた。

突然のことで「わ！」と驚きの声を上げたが、更に股を大きく開かされて、逃げる隙も与えられずに高く上げた脚の膝裏から腕を回されて固定されてしまった。

「な、なにを、なさるのです…か……？」

脅えた声でエミルは半身を起こした。

「自分でも何がしたいのか……しかし湧き上がる衝動が、抑えきれないんだ……お前が欲しい……っ」

息も絶え絶えな熱い告白のあとで、コンラードは持ってきたばかりの小瓶の栓を開けた。

エミルの股目がけて傾けた口から、とろりと亜麻色の液体が零れて、達したばかりの性器を濡らしていく。花のような香りだ。一瞬ひやりとしたが、すぐにも体温に馴染んで股の隙間へと流れていった。

「な、なっ、こ、これっ」

「香油だ。害はない」

「ですがっ、これは一体……!?」

「お前を傷つけないためだ」

コンラードはそう言い、香油を出し切ると小瓶をベッドの上に捨てた。

彼の手がいきなり股の間に潜り込んできた。くちゃ、と油の滑った音がする。指先が双丘の間の溝を撫でていき、奥に潜む小孔を探り当てた。

「あ…っ」

次期国王候補がそんなところを触ってはいけない。

そもそも他人が触れていいところではない。

羞恥と恐怖で顔を赤くしたり青くしたりしながら、エミルは瞠目《どうもく》した。

ショックのあまり呼吸を忘れて、息苦しさに慌てて息を吸うくらいに混乱している。しかし恥ずかしいところに触れたコンラードの指は、窄《すぼ》まりの皺を確かめるように念入りに探ると、その中心に力を入れてきた。

「や！　やだっ……！　駄目です！　カルヴィネ様、駄目ですッ」

「名を呼べ、エミル」

射るような鋭い双眸で睨まれて、エミルは喉の奥で引き攣った悲鳴を上げた。

「コンラードだ。私の名を呼べ」

命令口調のくせに、彼の指はエミルの穢《きたな》いところを犯して根元まで沈めてしまった。香油を塗り込めるように繰り返し抜き差ししながら、頭上では浅く苦しげな呼吸を繰り返している。

エミルはただ脅えていた。そんなところを弄られるなんて思わなかったからだ。異性との行為自体の知識はあっても、同性同士でなんて考えたこともなかった。

指がすぐに二本になって、再び襞《ひだ》の中心に突き入れてきた。

ぐぅ、と窄まりを圧される感覚に脅えて息を詰めると、くぷっ、と微かな音を立てて、突然襞が開いてしまった。指先がすぐに挿入《はい》ってきたが、先ほどとは違う感覚がある。

「ヤッ……はいって、……くる……！」

指が一本のときは、まだぼんやりとした違和感があるだけだったが、二本になった途端にエミルの中へと確固たる存在が挿入ろうとしてくる。エミルの意思とは関係なく開いてしまったそこは、コンラードが少し力を入れただけでも簡単に入っていった。

きっと香油のせいだ。ぬめらかなそれが何の引っかかりもなく深みへ落ちてくると、ぴたりと止まった。頭上からは怖いくらいの餓えた双眼がエミルを見つめている。

「ふ……ぅ……抜いて、く、ください……お願いします……っ」

気が付くと小刻みに震えていた。目にいっぱいの涙を溜めながら、エミルは両手で口を押さえている。

「お願いします……お願いします……！」

「やめてくれ。違うんだ。お前を虐《いじ》めたいわけじゃなく……ああ……今の私ではこの胸の疼きを言葉で伝えられない……っ」

「ンぁ！　あ……!?　あ！　ヤッ……！　動かしちゃ駄目っ」

コンラードがかぶりを振ると、意を決したような硬い顔つきになった。途端に根元まで入りきった指が奥で開いて、ぐちゃぐちゃと掻き回してくる。

蠢《うごめ》いているような刺激が下腹に伝わると、じわ…と熱が広がっていった。浅いところでも同じことをされると、襞が更に広がり、微弱な射精感を覚える。

じっとしていられない刺激にエミルは脅えながら逃げようとして腰をくねらせたが、彼は太腿《ふともも》を摑んだきり離してくれない。

更に指が三本に増えた。

「無理です！　破けちゃうッ」

エミルは悲鳴を上げたが、聞き入れられなかった。

ぐぷ、と鈍い音が立ち、中を容赦なく広げていきながら深いところまで辿り着くと、堅い蕾《つぼみ》が強引に開かれていくように腸壁を圧し拡《ひろ》げていった。

「ぁ、……あ……あ……ぁう……」

怖い。ただ怖い。おなかの中が破けてしまったらどうしよう。

逃げることもできずにエミルは彼の下で硬直している。ぼろぼろと涙を零しながら、浅い呼吸を繰り返して最悪の事態ばかりを想像し続けた。

絶望に為《な》す術《すべ》もなく震えるエミルを、コンラードもせつなげに見下ろしていた。息も絶え絶えに、苦しげに呻いては時折固唾を呑んで、それでもなお中を犯す指を止めようとはしない。

深みをぐずぐずになるほど掻き回し、そしてまた浅いところで大きく開く。襞がまた無理に開かれてチリチリと痛みを教えてきた。そのささやかな痛みさえエミルの不安を煽る材料となる。

「う、え……く……ん……っ」

中がどろどろと熱を発していた。拡げられた後孔も熱いし、痺れているような感じがする。

「エミル……、……エミル、泣くな……は……ぁ……」

嗚咽《おえつ》を零すエミルを宥めながらも、コンラードがわなないた。

背中を丸めて息を詰まらせると、中からいきなり指を引き抜かれ、自身のズボンの前を焦った手つきで開いていった。

「ふっ……――っ」

「暴れるな、エミルッ」

自分のとは比べものにならないほど立派なそれが現れて、エミルは驚きに息を詰まらせた。反射的に逃げようとして藻掻くと、上から肩を押さえられてか細い悲鳴が口から洩れる。

涙で歪《ゆが》んだ瞳の先に、余裕をなくした怖い顔があった。

目が合った途端に銀の瞳から堰《せき》を切ったように次々と涙が零れてくると、エミルを見下ろすコンラードの双眸が更に険しく細められた。

自分が何度チャームを発動しているのかわからないが、無意識に発した能力の影響で彼を変えてしまったのは確かだ。

「暴れるな……エミル。頼むから……無体なことをしたいわけじゃないんだ……」

チャームに侵されても尚、完全に理性を飛ばしきらないのは彼の意志の強さだろうか。そうだとしてもエミルの危機は変わらないままだ。

「く…っ」と、頭上でコンラードが苦しげに呻いて、固く目蓋を閉じた。

肩で息をしながら再び目をゆっくりと開いていくと、鋭く射貫く視線がエミルを捕らえた。途端に彼の吐息が更に激しく乱れて、肩を押さえていた手が裏腿を掴み、香油まみれのそこへ自身の性器を押し当ててきた。

「ぁ……？」

先ほどまで散々指でほぐされていたそこは、軽く押しただけでも襞を綻ばせて口を大きく開いていった。

「だ、駄目っ」とエミルの脅えた声を裏切り、異物を受け入れた途端に尾てい骨が甘い痺れを教えてきた。

「だ、……あっ、ふぁ……あっ…ぁ……」

硬い雁《かり》が襞を限界まで開いて、そして中に飲み込まれていくと、甘い痺れを一際鋭く感じて、吐息が震える。

痛いというより息苦しい。苦しくて、ぎちぎちと狭いそこを圧し拡げていく存在が、中を擦りながらどんどんとエミルの深いところへ沈んでいく。

頭上でコンラードが固唾を呑んだ。

吐息をわななかせて、そして唇を噛む。彼も苦しそうだ。

苦しそうなのに、なぜこんなことを続けるのだろうか。チャームにかかって肉欲を高められているのはわかるが、エミルは男だ。淫らな香りで誰彼かまわず昂ぶってしまうのなら、他の誰かで処理すればいいだろうに。

好き好んで出したわけではないのに、こんな目に遭うなんて最低の能力だ。

彼を狂わせてしまった自分の能力にも、まんまと能力にかかってしまった彼にも腹が立って、ぼろぼろと涙を零しながらエミルが不機嫌に睨む。そんなエミルを食い入るように凝視しながら、コンラードは更に重たく腰を落として、深みまで一気に貫いた。

「ぁう…！」

どっ、と躰の深部に拳《こぶし》を打ち付けられたような衝撃がきて、引き攣った声が唇から洩れると、エミルの躰は軽く仰け反っていた。

「あ！　あっ、ぁ…っ」

あとからじわじわと内壁を圧し拡げられていく感覚に、チリチリとした痛みが混ざり、そしてじくじくとした熱が下腹から広がっていく。痛くて苦しいのに、もっと違う感覚がどろどろと蠢きはじめてエミルの中を爛《ただ》れさせていく。

「……熱いな」

コンラードが掠れた声で言った。

「熱くて……、お前の中はうねる……」

譫言《うわごと》のように零すと、いきなり腰を引かれた。

「ひ！　ぁ……ァアッ」

内臓ごと持っていかれるような衝撃にエミルは悲鳴を上げながら、枕にしがみついた。

体内が一気に燃えたかと思った。無遠慮で暴力的な刺激に瞠目するなか、コンラードが力強く腰を打つと、硬く張った雁が内壁を激しく擦っていく。また中が燃える。太い楔《くさび》に貫かれ、熱でどろどろに熔かされながら掻き回される。

「あ！　あ！　ゃ、あっ、カ、カル、ヴィ、ネ、さまぁ……！」

躰を縦に揺さぶられながら、エミルは途切れ途切れに訴えた。

止めてほしさに震える手を伸ばすと、コンラードが呻いて深みを穿《うが》つ。

「ンぅ……――――ッ」

息が詰まるような衝撃が下腹から背中を駆け抜けて、エミルは息を呑んだ。

咄嗟に彼の肩にしがみつくと、コンラードが唇を貪ってきた。本当に息ができないほどの行為にくらくらする。口腔内や唇の周りを唾液まみれにされながら、幾度となく深みを突かれ、一気に楔を引かれてそのたびに腰がビクついた。

あと少しで抜けるというとき、雁が中で引っかかって裏から襞を押し上げてきた。

そのたびに排泄《はいせつ》感に似た快感がエミルを疼かせ悶《もだ》えさせる。

「あうッ」と、上擦った悲鳴を上げながらも、躰は性器を疼かせていた。快感が引く間もなく、楔がまた奥まで一気に貫く。

奥に切っ先が当たった。そのたびに全身が総毛立つほどの甘い衝撃がきて、エミルをおののかせる。はじめは恐怖しかなかったのに、次第に違うものが躰の中で暴れ狂っていた。

慣れない感覚に激しく混乱しながら、コンラードの肩に爪を立てる。はっと我に返って咄嗟に手を離したが、「気にするな」と掠れた声で囁き頬にキスをしてきた。

そのまま右の耳朶《じだ》を甘噛みされて、舌先が穴を穿《ほじく》る。

「んん……んっ、ふ……ん、んんっ……はぁ、ぅ……カルヴィネ、さま……っ」

「コンラードだ、エミル。そう呼べ」

「だ、だめ……そんな、……い、いけません……」

「言え。エミル――言わなければ苦しむことになるぞ」

もう既に十分苦しんでいると思うが、これ以上何をされるというのだ。

怖々と間近にある蒼い瞳を見返すと、彼の手がエミルの性器を再び握ってきた。指がぬかるんだ先を掻きはじめて、直接的な刺激に震えながら目を見開いた。

「あっあ！　あ！　待っ、ぁああ……っ」

後孔を侵されて、ぐずぐずと熱を孕《はら》んだ躰が鋭い刺激に歓喜している。すぐにも達してしまいそうな気配にエミルは内腿を震わせて嬉々《きき》とした。既に芯を付けていた性器はしとどに濡れ、またコンラードの手を汚していく。

あと少し、あと少し。もう、すぐに――――。

「あ……ぃ、い……――――っ」

イく直前に愛撫の手が止まり、雁元を強く握られた。

迫《せ》り上がってきた衝動が寸前のところで堰《せ》き止められて、発散できないまま体内で荒れ狂う。

「簡単にイかせると思うか？」

エミルはかぶりを振って嫌がった。

「カルヴィネ様……っ、……こんな、こんなこと……っ、ンぁ！　あ…！」

「コンラードだ。エミル。さあ、私も限界だ。言え」

「だめですっ……駄目……ッ。恐れ多くて……、……俺なんかが……ぁあッ！」

「言わねば同じことを繰り返すだけだ。さあ、エミル」

言え。と、耳元で低い声が囁く。そして搾り上げる性器の刺激と、深いところを幾度も叩《たた》きつける衝撃に、躰の中がぐずぐずに熔けて、ぐちゃぐちゃになる。濃厚な快感と達することを禁じられた苦痛とがエミルをおかしくさせて、追い詰めていく。

「言え、エミル」

「……。……、……ぁ……」

はくはくと口を開閉させながら、一介の使用人ごときがそんなこと許されない……と、必死に抵抗していた。

一方で言えば楽になれるかもしれないという誘惑に駆られて、期待に疼いている。とにかく今すぐにでも躰の中で蠢く肉欲を発散させたかった。理性が焼き切れそうなくらいにどろどろに纏わり付く衝動を、一気に昇華させたくて仕方がなかった。

「……っ、……こ、……コンラードさ、ま……」

涙まじりに告げると、吐息の触れ合う距離で美しい笑みが描かれた。うっとりとするような美貌に見惚《みと》れてエミルが気怠《けだる》い吐息を零すと、彼が頬に軽くキスをしてくれた。

「いい子だ」

「は……ンぁ！　あぁああ……――――……ッ！」

途端に性器への強い愛撫がはじまって、四肢を仰け反らせた。

ビクビクと痙攣が止まらないエミルの中を、コンラードが容赦なく打ち付けて掻き回していく。白く長い指がエミルの性器をしごき、太く長いそれが腸壁を擦るたびに、中から一際強い痺れが走った。

「ンぁ！　あっ、やっ、なかで！　なかっ、痺れてっ！　あ！　ぁあ！　コンラード様ぁッ」

浅いところに酷く痺れるポイントがある。そこを擦られ圧されるたびに、性器の根元から強烈な疼きが走る。激しい痺れにエミルが脅えながらも刺激されると、性器が幾度も透明な飛沫を上げていった。

エミルがおののくたび、間近でコンラードが呻いている。

躰に力を入れると、中の楔を締め付けてしまうからだ。それに気が付いたときには、躰の深いところから噴き上がってくる絶頂に意識が飲み込まれていた。

「い……――――――……！」

胸を突き上げて四肢を強張らせながら、再びコンラードの手の中でエミルは精を噴いていた。先ほどとは比べものにならない強烈な刺激に呆然とするなか、頭上でコンラードが歯を食い縛りながら、仰け反った。

「ぁ…っ……あ……」

中深くに熱いものが注がれて、じんわりと広がっていく。それがコンラードの精だと気が付くと、上気した頬が更に熱を持った気がした。

気怠く喘ぐエミルの上で、ゆっくりと強張りを解いていった彼は、深く息を落として躰を重ねていった。ぐったりとしながらも、エミルの肩に顔を埋《うず》めて腰を抱き締めてくる。

繋《つな》がったままの体勢で、二人とも疲労していた。

できることなら上から下りてほしいし、何より中のそれを抜いてほしい。

しかし使用人でしかない身分のエミルでは言うのが気が引けて、じっと堪える。その一方で繋がり合ったそこの余韻《よいん》が気怠く甘くて、離れてしまうのが惜しかった。抱き締められているのも、そう悪くはない。

とはいえ、このままではよくないのもわかっている。

「……あの」

「あと少しだけこのままでいてくれ。私の熱が引くまでだ」

あと少しとはどれくらいだろうか……。しかしこうなってしまったのも、エミルの能力が原因だから、責任を思うと強く拒絶はできない。

目蓋を閉じると、纏わり付く疲労感が眠気を誘う。

抗えないままに、エミルはゆっくりと意識を落としていった――。

＊

——深い森の木立の隙間から父の呼ぶ声がして、エミルは野苺《いちご》を啄む手を止めていた。

「お父さん、ここだよ！　野苺の木があるところにいるよ」

声のするほうに向かって返すと、間もなくして焦った顔の父が青草を踏みしめながらやってきた。

「はぐれてしまったかと思ったよ。怪我はないかい？」

「うん。おれ、ずっとここで野苺を採っていたよ。見て、この木の実はふっくらとして大きいの。甘酸っぱくて美味《おい》しいよ。お母さんにジャムを作ってもらうんだ」

「籠いっぱい採れたね。よかった。お前が急にどこかへ行ってしまうから、肝が冷えてしまったよ」

あっちにある野苺の木へ行くよ。——と、しっかり告げて行ったのに、父は木の実を採るのに夢中で聞いていなかったのだろう。子供ながらに呆《あき》れてしまったが、エミルの頭をしきりに撫でながら安堵している父を見ていると、可哀想《かわいそう》な気がしてきて言い返せなかった。

「心配しなくても大丈夫だよ。ここいら辺までお母さんと来たことがあるもん。帰り道もちゃんと覚えているよ」

「そうか。——でも慣れているからといって安心してはいけないよ。お前の年の頃に、父さんは森で迷子になったことがあるんだから。よく知った森なのに、道を少し逸れただけで帰り道がわからなくなってしまったんだ」

「そんなことってあるの」

「あるんだよ」

父はそう言って、エミルの手を取り森を歩いた。

鳥の朗らかな声が頭上で響いて、足下ではさくさくと草を踏みしめる音がする。森はいつも静かだけれど、父とエミルの周りは少しだけ賑《にぎ》やかだ。

「帰ろうとしても戻る道がわからないんだ。動けば動くほど、自分がどこにいるのかわからなくなると、どんどんと恐ろしくなってしまってね、そうなると、もう森は知った世界じゃなくなってしまうんだよ」

きゅ、とエミルの小さな手を握る父の手に力が籠もった。

「帰り道がわからなくなったとき、お父さんも怖かった？」

「怖かったよ。とてもね。長い時間走り続けて怪我もしていたから、もう家に帰れないんじゃないかと、不安で涙が止まらなかった。——だけどね、人間に助けてもらったんだ」

「人間に？」

「そう。貴族の子供にだ」

凄《すご》いだろう。と、どこか自慢げに父は見下ろしたが、エミルは信じられなかった。

「貴族は狼を殺すんだよ。村長様が言ってた。怖いんだよ」

「ああ、父さんもずっと怖いと思っていたし、きっと貴族は恐ろしいんだ。だけどあの子は——貴族の、あの子供は傷を手当てしてくれたし、逃がしてもくれた。きっと狼が好きなんだ。優しい眼差《まなざ》しで何度も頭を撫でてくれたからね」

幼い頃にあった出来事を思い出しながら、父は懐かしそうに微笑《ほほえ》んだ。

人と会ったことさえ驚きなのに、まして貴族に助けられたなんて奇跡のようだ。見上げた父の穏やかな笑みには一切の不安が見当たらずに、エミルは信じたいけれど信じられないような複雑な気持ちになった。

「そんな貴族ばかりならいいのに。そしたら狼を狩らなくなるでしょう？」

「……そうだね。狼だって、人の目から隠れて暮らさなくてもよくなるだろうにね」

果たしてそんなことが本当に起こるのだろうか。エミルには疑問だった。

狼は貴族を恐れて、深い森の中で息を潜めながら生きているし、エミル自身、人間そのものを見たことがない。一生見なくてもいいと思っている。

「でも狼を好きな貴族なんて本当に稀なことだから、森で迷っては危ないんだ。貴族の屋敷を見つけても近づいてはいけない。人を見たら尚更だ。いいね、エミル。約束だよ」

「うん」

奇跡なんて簡単に出会えないから、奇跡なのだ。

父の思い出は素敵だけれど、エミルの胸の中にはやはり貴族への恐怖が居座っていた。

*

目蓋の向こうの微かな光に気が付いて、エミルは目を覚ました。

金糸の刺繍で彩られた天蓋布が美しい。花にじゃれて遊ぶ鳥の意匠だろうか、繊細な手仕事をまどろみのなか眺めていたが、四柱の精巧な彫刻まで視線が落ちると急に胸騒ぎを覚えた。

ここはどこだろう。なぜ立派なベッドで寝ているのだろうか——？

そう思った直後に、あの出来事を思い出して総毛立った。

「うっ、あ…！」

反射的に飛び起きた途端に、ぎし、と躰の節々が痛んで、おもわず苦悶《くもん》の声が出た。

痛むのは節々だけではなく、下腹の辺りが鈍い痛みを教えてくるし、尻がヒリついて仕方ない。痛いし熱いし、躰の中がむずむずとして、撫でられているような感触がひどく気持ちをざわつかせる。

「あ……あう……ぅ、嘘だ」

原因は彼との恥ずかしい行為に違いなかった。

頭の中では信じられない。信じたくない。と、そればかりが繰り返されていたが、全身に残る肉欲の余韻が、彼との行為が真実だと伝えている。

いくら性欲を刺激する能力のせいだとはいえ、相手は次期王候補だ。まさか三大貴族の一人と交尾してしまったなんて現実を受け入れられない。

本当ならば言葉を交わすことさえ恐れ多いことなのに、肌を交えてしまうだなんて絶対に許されないことだ。

しかし、それよりも何よりもエミルがショックを受けたのは、自分が男に抱かれてしまったことだった。

行為自体は想像したことがあっても、同性となんて考えていなかったし、あんなところで繋がり合うなんて、ましてや気持ちよくなるだなんて知らなかった。

今でも躰に纏わり付く愛撫の余韻が、狂おしい行為を思い出させてぞくぞくするし、意識したら最後、また浅ましい肉欲に飲み込まれてしまいそうで怖い。しかし同時にこの上もない誘惑を覚えてしまい、エミルは気持ちを引き締めた。

快感は幻覚作用のあるキノコを食べてしまったときに似ている気がする。大量に摂取したらやめられなくなるような、そんな怖さが潜んでいる。

「はあ……駄目だ。今は遊んでいる場合じゃないんだ。牙を取り返さなくちゃ……」

気怠い溜め息のあとで自分自身に言い聞かせた。初めて覚えた快感を思い出して浸っている場合じゃない。イレギュラーなことばかりが続いて、本来の目的を忘れてしまいそうだ。

寝室にはエミル以外に誰もいなかった。

躰が沈んでしまいそうなくらい柔らかなベッドに金糸と銀糸の刺繍がふんだんに入ったカバー、そして枕。ベッドの向こうには甘光りした年代物のチェストがでんと置かれて、いかにも高そうなランプが見えていた。

エミルの記憶が正しければ、ここはコンラード・カルヴィネの寝室だろう。——主人のものかはわからないが、少なくとも強引に連れ込まれた寝室であることは確かだ。

大きな窓の外は明るくて、すぐ近くに見える湖面がきらめいていた。

朝に城から連れてこられて、まだ昼間なのだろうか？　それにしては随分と寝ていたような気もするが、今がいつなのか何時なのか確かめられるものがない。

エミルが身につけているのは王城の制服ではなくシルクのガウン一枚だけで、下着もつけていなかった。光沢のある真っ白な生地に、金糸の緻密な刺繍が袖を彩り、溜め息が出るほどに肌触りが気持ちいいが、身分不相応なものだから早く脱いでしまいたい。

下着がないというのも不安で、前の合わせが少しでもずれると股の辺りがすーすーとして、心許《こころもと》なかった。制服はどこへ持って行かれたのだろうか。せめてガウンではない別の衣服が欲しい。

エミルがベッドの上で一人困っていると、ノックもなくドアが開いてコンラードが現れた。

「うっ……っ」

おもわず呻いて、咄嗟に毛布を頭から被《かぶ》った。

勢いよく動いたせいで全身がギシギシと軋《きし》んでいる。鈍い痛みに歯噛みしながらじっと耐えていると、コンラードの気配が近づいてきた。

「漸く起きたのか、エミル。丸一日眠っていたぞ」

丸一日!?　毛布の中でエミルは静かに驚いた。

「躰はどうだ？　どこか痛むか？　具合の悪いところはないか？」

矢継ぎ早に訊かれて、返答に困った。

躰のあちこちが痛いし、具合が悪いと言えば悪いような微妙な感じがしているのだが、そんな甘えたことを言えるような立場ではないことくらい重々承知している。けれどあんなことをされて、「何もない」と答えるほうがかえって不自然ではないだろうか。実際躰中がギシギシしているし、チャームを出しすぎたのも原因だろう。

「エミル。声も出せないのか？　……そうか。やはり無体なことをしてしまったのだな。わかった。すぐに医者を呼ぼう。お前はここで」

「まっ待ってくださいっ」

寝起き早々二度も飛び起きたエミルは、行こうとしたコンラードの腕を慌てて捕まえた。

「大丈夫です！　大丈夫です！」

人間の医者など呼ばれたら、エミルが人狼族だと見抜かれてしまうかもしれない。ましてや事情を話すなんてこと、恥ずかしすぎて耐えられない。

「私の主治医だ。腕のいい男だし、こういった事情も理解してくれる。だから心配するな」

「そうではなく！　大丈夫ですからっ。俺、ちょっと寝ぼけていただけですから！」

「だが、一度診てもらったほうがいい。正直なところ、その……昨日はお前の気持ちを無視して、情欲に流されるまま肢体を貪ってしまったし、お前も初めてのことだろう？」

「……っ」

耳の先まで赤くなるような言い方に、エミルは羞恥で絶句しながら渋面になっていた。

一方のコンラードは眉尻を落として申し訳なさそうにしているが、原因を作ってしまったのは、誰彼かまわず発情させてしまうエミルの厄介な能力のせいだ。それを言うことができない心苦しさに、エミルまで表情が暗くなっていった。

「反省はしている。――いや、謝って許されることではないが、謝らなければ私の気が済まないのだ。お前を傷つけるつもりなど微塵《みじん》もなかったのに……お前を前にして気が付くと理性の箍《たが》が外れていた……本当にすまない」

「……カルヴィネ様……」

チャームのせいで肉欲に支配されてしまったが、本来彼は真摯《しんし》な人なのだ。使用人に頭を下げるくらいだから、誠実すぎるほどだ。

王城で時折見かける様子も、誰もが心惹かれているように彼を慕っていた。エミルは極力貴族に近づかないようにしていたけれど、それでも彼が心身ともに魅力的な人だということは知っている。

「エミル。どうか、コンラードと呼んでくれ。お前にはそう呼ばれたい」

「……っ、俺はただの使用人ですから、そんなことは絶対に許されません。それに身分が違いすぎますし、皆に妬まれます。だからお呼びすることはできません」

「昨日は呼んでくれたではないか」

「あっ、あれはっ……あれは……カルヴィネ様が俺にそう言わせようと責めたから……」

思い出すだけで後孔の窄まりが疼きだして、下腹の辺りがもったりとした熱を僅かに蘇らせた。ぶるっ、と小さく身震いをして、エミルは自分自身を強く抱き締める。

「とにかく駄目です。できません」

「強情だな、お前は」

コンラードは吐息まじりに苦笑した。

「その美しい顔に似合わず。——いや、お前の凛《りん》とした美しさの中には意志の強さが見える。やはり話してみなければ気づけなかったことがあるな」

いちいち言われることがこそばゆくて、居心地が悪かった。褒められるのは照れ臭いし、慣れていない。早く帰って寝直したい。テオドールも心配しているはずだ。

「だが私も強情なのだ。名を呼んでくれ。もし呼んでくれなければ、そのガウンを剥いで、昨日の行為のおさらいをするぞ」

「なっ……、……何を仰るんですかっ」

エミルは自身を抱き締めながらベッドの上で後ずさると、コンラードが端正な美貌に野心的な笑みを描いて、腰を下ろした。

「昨日は頭に血が上っていたが大体は覚えている。なあに、一度触れたら、しっかり思い出すだろう。その自信もある。私の愛撫でお前が喜悦に震えながら名を呼んでくれたあの声を、もう一度聞くとしようか」

「だっ、だっ、駄目です！」

エミルは声を裏返して大声を出した。

「い、いくらなんでも、そ、そ、そんな恥ずかしいこと、絶対に駄目です！　駄目です！」

「そうか。ならば呼んでくれるな」

「…………、……ぅ……」

期待に満ちた目に猛烈なプレッシャーを覚えながら、エミルは小さく呻いて身を丸めていた。

こんなことがテオドールに知られたら一生ホールボーイだ。薄給で散々こき使われてしまいそう。

「エミル」

さあ、と蒼い瞳が期待に輝いている。高々《たかだか》一介の使用人相手に、貴族は暇なのだろうか。

それともエミルがからかいやすく見えるとか？　暇潰しの相手か、おもちゃのつもりか、どちらにしても逃げ場を失ったエミルは、しょんぼりと肩を落としながら渋々と口を開いた。

「…………こ…………コンラード…さま」

「聞こえない」

「ちゃんと言いましたっ」

「私には聞こえなかった」

ひ、酷い。真っ赤な顔でぶるぶる震える。彼はエミルをからかって愉しんでいるのだ。

「エミル、さあ」

簡単に追い詰められて悔しいけれど、抗う術もない。

「――っ、こ、コンラード様！」

やけっぱちになって応じると、コンラードが白い歯を見せて晴れやかな笑顔を作った。

「うむ。結構。素晴らしい！　これからは必ずそう呼ぶこと。この屋敷でも、城でもだ」

「そ、そんなっ、お屋敷ではともかく城では無理ですっ」

城で名を呼ぶなんて、メイドたちが全員敵になる未来しか見えてこない。

「もう決めたことだ。お前が嫌と言うならば、テオドールに許可を貰うとしよう」

「そっそれは……っ」

「テオドールの耳に入れたくなければ、これからは名で呼ぶように」

「……ぅう……」

人狼族の重要な通過儀礼のためとはいえ、人間の世界にいること自体が不安で落ち着かないのに、悪目立ちなんて御免だった。しかしコンラードとハーブ園で出会ってからというもの、エミルの意図と反したことばかりが立て続けに起きている。

とにかくどこかで軌道修正しなければ、半端者の烙印《らくいん》を押されてしまう。静かな森で孤独に生きていくなんて、エミルは絶対に嫌だった。

「あの、俺の制服は……下着はどこですか？」

「メイドに洗わせている。汚れていたからな」

「まさか下着もですか⁉」

「当然だろう。そんなことよりも朝食だ。躰が疲労したぶん、栄養を取らなければな」

屋敷の主人がわざわざ運んできてくれたのだろうか。サイドテーブルに置かれた銀のトレイを二人の前に置いて、コンラードは手ずから紅茶を注ぎはじめた。

「俺がしますっ、カルヴィネ様にはさせられません！」

「早速言い間違いだ、エミル。罰として、私の入れた紅茶を飲め」

ティーポットを奪おうとして手を伸ばしたが、コンラードはわざと遠ざけて眉を顰めてしまった。

「うう……あの……紅茶はありがたくいただきますけれど、俺の服を……どうか早めに返してもらえないでしょうか……」

「それはできない」

「どうしてですかっ」

「お前の躰を傷つけた責任を私は取らねばならない。躰が元に戻るまでは、どうかこの屋敷にいてくれ。それまでは制服も下着も返さない」

「そんなっ……早く城へ帰らないとテオドールさんに怒られますっ」

「安心しろ。彼の許可は得ている。だからお前は少しの休みだと思って、この屋敷で羽を伸ばすといい。使用人にも私の大切な客人だと伝えてあるから、堂々としていればいいのだ」

「はあ……」

エミルがぐっすりと眠っている間に、コンラードはしっかりと根回ししていた。もはや言い返す気力もなくなって、気の抜けた返事だけが零れた。

「ああ、そうだ。テオドールから言伝《ことづて》を預かっていたのだ」

「テオドールさんから？　それは何でしょうか」

きっと通過儀礼のことに違いない。おもわず前のめりになると、トレイに置かれたカップの紅茶が小さく波打った。

「折角だから、存分に甘えてこい。――とな。果たして本心だろうか。それとも皮肉か。あの執事の言葉は悩むところだな」

コンラードは苦笑したが、エミルは困惑していた。

まさに本心なのか皮肉なのか、テオドールの言うことは難しい。

それとも、彼に甘えたらいいことでもあるのだろうか……？

牙はカルヴィネ家のこの屋敷ではなく、ライコネン家にあるのだが、コンラードに甘えることで目的に近づくことができるのだろうか。

でもどうやって？　誰もが胸を疼かせるような美貌を前に、エミルは暫《しば》し思いを巡らせてみたが何も出てこなかった。仕方なく考えることを手放して、紅茶をいただく。

「……ぁ……美味しい」

ほんのりと薔薇《ばら》の香りがする、甘い紅茶だ。疲れた躰に染みて強張りがほどけていくと、コンラードが清廉とした美しい笑みで見つめていた。

「気に入ってもらえたようだな。よかった。さあ、朝食にしよう」

「はい。い、いただきます」

爽やかな笑顔を見ていると、なんだか調子が狂う。本当ならば今頃さっさと牙を手に入れて、村へ戻っているはずだったのに、本来交わることのない地位の人と二人で朝食を食べるなんて、慣れないけれど不思議な縁もあるものだ。

まだ温かな丸パンを千切って食べると、小麦の味がして小さく驚いた。

小麦のパンは王や貴族が食べるもので、たとえ王城勤めの使用人だろうと口に入れることはない。村で食べるのはぼそぼそとした硬いパンだから、小麦の甘さに驚かされてしまった。

トレイには温かなパンと白身魚のスープ。艶やかなリンゴが一つ。今度こそエミルがリンゴをカットしようとしたが、またコンラードに奪われてしまった。

「あの……お屋敷のご主人様にそんなことはさせられません。どうか俺にやらせてください」

「客人をもてなすのは屋敷の主人の努めだ。気にするな」

「ですが、何もしないというのも居心地が悪いんです」

幼い頃から家の手伝いをして、王城で働くようになり主人のために動くことが当たり前になっていたエミルにとって、もてなされるなんて経験は生まれて初めてだった。気にするなと言われても、かえって気を遣ってしまい落ち着かない。

「何もしていないわけではないぞ。私の目を十分楽しませている」

「え？　――わ！」

いつの間にか腰紐《ひも》が緩んで、ガウンの前が大きく開けていた。右の肩が落ちて乳首が覗《のぞ》いているのに気が付くと、エミルは慌てて前を隠し顔を真っ赤に染めた。そんなエミルの反応をコンラードは軽快に笑いながらリンゴを切っている。

「言わなければよかったな。これは惜しいことをした」

「い、イタズラが過ぎますっ。気が付いていたのなら、もっと早くに言ってください！」

「気が付いていたわけではなく、瑞々《みずみず》しい白肌を愛《め》でていたのだ。ガウンで隠してしまうのは非常に惜しい」

「隠しますっ。ガウンでは心許ないので、どうか他に着られるものを貸していただけないでしょうか。勿論《もちろん》使用人のもので！」

「お前は私の客人であって、この屋敷の使用人ではないから希望には応えられないな。しかしいつまでもその姿でいては、屋敷の者たちが妙な気を起こしかねない。――仕方ない。後ほど用意させよう」

「ありがとうございます。……でも俺が言わなかったら、ずっとこのままにするつもりだったんですか？」

「勿論」と、にっこりされて、やっぱりこの貴族の青年のおもちゃにされている気がした。

「そう怖い顔をするな。美しいものを愛でるのは健全な行為だ。初雪のような艶やかな肌に純粋な気持ちで見惚れていたのだ。そこに疚《やま》しい気持ちはなかったぞ」

「純粋だろうと疚しい気持ちだろうと、着ているものが脱げかけていたんですから教えてください」

「それはそうか」

ふむ。と、コンラードは納得したが、リンゴを切り終えてすぐに感心してみせた。

「王城で働く者は容姿端麗が絶対条件と聞くが、お前を見ていると納得がいく。お前はフットマンだったな。特に見栄えを重要視される仕事だ」

「よくわかりません。仕事はテオドールさんの命令に従っているだけですから」

食べるか。と、皮まで剝《む》かれたリンゴを出されて、そっと手を伸ばした。しゃく、と音を立てて齧《かじ》ると甘酸っぱさが口いっぱいに広がっていく。

「城へは誰かの推薦状があったのか？」

「……ええ、はい」

テオドールの手引きで、とは答えられずに少しだけ言葉を濁した。

「王には直接会ったか？」

「いえ。まだ一度も」

フットマンは執事仕えの従僕だから、王の目に入るところでの仕事も多々あった。しかしフットマンとして働き出して三ヶ月が経過したが、不思議とその機会に恵まれずにきている。下手に目立ちたくないエミルとしては、寧ろ願ったり叶ったりなのだが。

エミルが答えると「そうか。だろうな」と、コンラードは一人納得していた。自らもリンゴを齧り、少し酸っぱそうな顔をする。コンラードは表情豊かな人だ。

彼の反応を不思議に思ったエミルが小首を傾《かし》げると、すぐにコンラードは苦笑いを作った。

「お前ほどの美しい者を王が目にしていたならば、間違いなく愛人にしているだろうと思ってな。きっとテオドールがわざと近づけさせないのだろう。昨日のあの態度を見るかぎり、随分と目をかけているようだしな」

「それは俺があまりにも仕事ができないからで、別に贔屓《ひいき》されているわけじゃありません」

テオドールとの関係を意味深に思われた気がして、ついムキになって言ってしまった。

「王様の前に出されないのは、仕事に不慣れな俺がきっとミスをすると思っているからです。それに……愛人ならばもう既にお一人いらっしゃるでしょう」

「王の愛人は一人と決まっているわけではない。まあ、嫉妬深いあれを相手にしている以上、自然と一人にかぎられてくるだろうけれど」

苦笑いが更に濃くなったが、わからない話でもない。城の中でも愛人アルヴィル・ライコネンへの悪口や不満は時折耳にしているくらいだし、同じ王候補の彼が知らないことではないだろう。

「ところでエミル、なぜアルヴィルの屋敷にいたのだ。本当に盗みを働こうとしたのか？」

「――――……っ」

話の流れで聞かれたくないところへ行き着いてしまった。

エミルが口籠もると、蒼い双眸が一心に見つめてくる。清冽《せいれつ》とした輝きが、不義を許さないとばかりに責めているような気がして、後ろめたさで背中が強張った。

「宝物庫の警備員は盗人が鍵を開けたと言っていた。城勤めのお前がなぜだ。こう言っては何だが、城の宝物庫を狙ったほうがチャンスもあっただろう？　――それとも、既に狙ったあとか？」

「あの……一体何のことだかわかりません。俺がライコネン様のお屋敷にいたのは、城からのお届け物があったからで……他意はありません」

「ほう。ではハーブ園で私と会ったのはなぜだ。お前は私に気が付いて咄嗟に隠れたな」

「それは、盗人と間違われるのが怖くて……その……だから、……灯りもなかったですし、人の気配に驚いたんです。ただそれだけです」

じわじわと責められていく緊張でドキドキが止まらない。あまり追い詰められると、またチャームが出てきてしまいそうだ。

「まあいいだろう。盗人はともかく、ハーブ園にいたことは認めたな」

「う……」

これまた話の流れで、つい認めてしまった。いっそ白《しら》を切り通せばよかったのに、下手に言い訳をするから墓穴を掘ってしまう。

エミルは呻いて、じっと見つめる視線から逃れるように顔を逸らした。

こればかりは性格だ。隠し事が苦手で、生まれつき不器用な性格がエミルをどんどん追い詰めていく。

「あれの屋敷で何をしようが私には関係のないことだが、一つ訊きたいのだ。お前はあの森の中で銀狼を見ていないか？」

それは昨日の追いかけっこの最中にも訊かれたことだ。エミルは咄嗟にかぶりを振った。

「遠目だったが、お前の逃げたほうに間違いなくいたのだ。銀狼は夜でも月明かりに淡く発光するから、必ず見えていたはずだ。どうだ？　焦っていたのはわかるが、一瞬でも淡い光を見なかったか？」

「見ていません。もし暗がりで淡い光を見たら、きっと忘れないでしょう？」

「確かにそうだが」

しかしコンラードは納得していないようだ。

「それに狼なんて見たことがありません。ライコネン様のお屋敷の森で見たというのなら、飼われていたんじゃないですか？」

「まさか。猫にすら興味がない男だ。仮に銀狼を捕まえていたとして、放し飼いにするとは思えない。銀狼が稀少《きしょう》なことは誰もが知っている。あれとて同じだ。私に見せるようなことは決してしないだろう」

「でしたら気のせいでしょう。遠目と仰っていましたし、白い鳥か何かを見間違えたのでは？」

「確かに遠目ではあったが……あれほど神秘的な姿を見間違えるとは思えないのだ。間違いなく銀狼だった」

貴族は狼を狩る恐ろしい存在だと教えられてきたが、神秘的——などと讃《たた》えられると、少しは想う気持ちがあるのではないかと複雑な気持ちになった。

エミルを見つめて離さない熱の籠もった双眸からも恐怖を感じないし、寧ろ誠実さが窺えて、うっかり真実を告げてしまいそうな誘惑に駆られる。けれど、そんな自分勝手な判断で一族を危険に晒《さら》してしまったら一生後悔する。エミルは決して惑わされまいと奥歯を噛み締めた。

コンラードは城での評判もいいし、悪いことを言う人もいない。

チャームに狂わされていなければ、エミルを襲うこともなかっただろうし、使用人ごときをわざわざ客人としてもてなすこともなかったはずだ。

きっといい人なのだろう。それは間違いないと思う。

しかし貴族は狼を狩る。たかだか王を決めるためだけに、エミルの一族を殺《あや》め続けている。——それだけは揺るがない事実だ。

次期国王候補ならば、彼もまた同じことをするだろう。悲しいが、必ず。

「見ていないものは見ていません。期待に応えられず、申し訳ありません」

「お前が謝ることはない。頭を上げてくれ。でももし何か思い出したら、何でもいいから教えてほしい。些細《ささい》なことでもかまわないから」

誠実な眼差しが痛い。いつの間にか胸のドキドキは収まっていたが、代わりにツキツキと小さな痛みを発していた。

「……何も見ていません。本当です」

「ああ……そうだな。すまない。――そうだ。食事を終えたら、屋敷の中を案内しよう」

引こうとしないコンラードに焦れながら顔を逸らすエミルに、彼も悪く思ったのか漸くこの話題に幕を引いたようだ。エミルは胸の内で小さく安堵して、少し冷めたスープに口を付けた。

「その前に薬湯を用意させよう。昨日は私が拭いて清めておいたが、やはり一度湯に浸《つ》かるほうが躰にもいい」

「え!?」

拭いて、清めた？

「ええ！」

湯に、浸かる!?

意識のないところで隅々まで触られていたことに愕然《がくぜん》とした直後、人狼族が嫌う入浴を勧められて血の気が引いた。

「食欲はあるようだが、顔色があまりよくないようだ。案内よりまずは癒やすことを優先にしよう」

「……ぁ……いや……そ、そこまでしなくても、俺は」

「疲れた顔で城へ帰しては、私がテオドールに怒られてしまうからな」

単に濡れるのが怖くて風呂へ入りたくないだけなのだが、それを言うわけにもいかず、弱り切ったエミルは呻くだけだった。


朝食を終えると、また寝室に一人きりにされた。

「すぐに薬湯の用意をさせる」と言い残してコンラードが出て行くと、間もなくノックが聞こえて数名のメイドが入ってきた。

着替えを貰えずにガウン姿のままでいるエミルは、彼女たちの登場にびくびくとしながら毛布にくるまりベッドの隅で小さくなっている。

「薬湯のご用意を致します」

リーダーらしき中年のメイドが一礼したあと、若いメイドたちが二人がかりで薬湯が注がれた木桶《おけ》を抱えながら次々と入ってきた。

奥の扉が浴室らしく、湯気の上る木桶を入れ替わり立ち替わりで運んでいく。浴槽へと注がれていく水音がして、ハーブの香りを帯びた湿気が寝室まで流れ込んでくると、エミルの緊張は一層濃くなった。

川に落ちたわけでもあるまいし、全身が濡れるなんてあり得ない。

人間がわからないのは、こういうところだ。汚れたのなら布巾で拭けばいいだけだろうに。なぜわざわざ躰を濡らす必要があるのだろう。本当に理解できない。

次々と木桶が浴室へ運ばれていく光景を凝視しながら、エミルはいつの間にかぶるぶると震えていた。ハーブの香り自体もいいとは思えないのに、これから湯に浸からなくてはいけない事実が恐ろしくて仕方がない。

全身に香りがつくし、毛が濡れる。思いっきり毛を震わせて水気を飛ばしたくても、人間の前ではするなと親に言われているからそれもできないし、ストレスが溜まる一方だ。ここは人狼と疑われないためにも、我慢して湯に入るしかないのだろうか。

しかし――怖い。

嫌なモノは嫌だし、濡れるのは嫌いだ。

一族の中には水遊びが好きな連中も多いが、そういうのは大抵幼い頃から慣らされている。生憎エミルの両親はそんな奇特なことはさせなかった。

大嫌いな湯浴みの準備を見守っているこの刻が、処刑を待つ時間に思えて仕方がない。

空の木桶を抱えたメイドたちが一礼して寝室を出て行くと、中年のメイドが若いメイドを従えて浴室から出てきた。

「準備が整いました。湯浴みのお手伝いをさせて頂きます」

「え!?　い、一緒に入るんですか！」

エミルは声を裏返した。狼の姿だったら、今頃きっと全身の毛が逆立っている。

「湯浴みのあとで、お躰をお流しします」

「いえ！　いいです！　結構です！　あのっ、自分でしますからっ、ほ、本当に大丈夫なんで、そのっ、だからっ、どうか一人にしてくださいっ、お願いします！」

若いメイドに笑顔で言われて、エミルは真っ赤な顔で訴えた。

「ではお着替えだけでも、お手伝い致します」

「いえっ、本当に！　俺、一人で全部できますしっ、皆さんにそんなことさせられませんっ。そのお気持ちだけで十分ですから！」

　顔を真っ赤にしながら必死になるエミルに、メイドたちは顔を見合わせながら少し困った様子だった。しかし困っているのはエミルも同じだ。これ以上焦ると、またチャームが出てしまう。

　今でさえ湯浴みの恐怖と重なってドキドキが止まらないというのに、メイドたちと一緒に浴室に入ったら最後、能力を抑えられるか自信がない。

「――わかりました。ではお着替えだけご用意致します。それでよろしいですか？」

　中年メイドの提案にエミルがこくこく頷くと、メイドたちは少し残念そうな顔をして寝室を出て行った。仕事熱心なメイドたちがいなくなって安堵すると、すぐに若いメイドが着替えを持ってきてくれた。

「湯浴みが終わりましたら、枕元か浴室のベルでお呼びくださいませ」

優しい声にもこくこくと頷いて、一人きりになると心底安堵した。

「も……帰りたい……」

毛布にくるまったままでベッドに倒れ、エミルは大きく息を吐き出した。

なぜ次から次へと頭の痛いことが起こるのだろうか。同じ年頃の人狼たちは、通過儀礼など形式だけで大したことはないと笑っていた。実際、数日ほど家を離れただけで任務を終えて村へ戻ってくる連中も多くいたが、なぜかエミルだけが半年以上も手を拱《こまね》いている。

エミルは半端者になどなりたくない。孤独に生きるなんて嫌だ。

牙の在《あ》り処《か》はほとんどわかっているのに、関係のない貴族の屋敷で足止めを食っていては、時間ばかりが無益に過ぎていくだけだ。

「うー…村へ帰りたい」

両親のいる村へ。仲間のいる村へ帰りたい。

柔らかくて上質なベッドよりも、一族のぬくもりが恋しくてたまらない。

村でのことを思い出すと、じんと目頭が熱くなってきて、慌てて目を擦った。

「落ち込んでいる場合じゃない。……とにかく俺が今できることをするんだ」

のろりと躰を起こして、開け放たれたままの浴室をじっと見る。

躰は濡らしたくないが、拭いた程度では温まらないし、やはり一度は浸からないと駄目だろう。

頭はどうする？　髪は濡らさなければならないだろうか。今なら誰もいないし、ブルッとおもうさまに水気を飛ばしても怪しまれない。

けれど浴室を濡らしたら疑われるかもしれないから、あとで徹底的にタオルで拭こう。

人間らしく湯に浸かる。それが今エミルのできることだ。

覚悟を決めて毛布から出た。ベッドを下りて浴室へ入ると、何種類ものハーブの香りがどっと押し寄せてきて、たまらず噎《む》せた。

湯が薄緑色をしている。薬湯というより、ハーブティーみたいだ。どっちにしても人狼族の鋭い嗅覚にはキツいものがある。

これを人間はありがたがって入るのだから本当に謎だ。城でも病に伏せる王のために毎日のように薬湯を準備している。遠くにいてもその悪臭で咳き込むほどなのに人間は平然としていた。きっと嗅覚が相当鈍いのだろう。

ちっとも慣れそうにない臭いにげっそりとして、エミルはバスタブの前でへたり込んだ。

こんなものに浸かったら暫く臭いが取れなくなるかもしれない。森での暮らしは嗅覚も重要だ。外敵こそいないが、狩りのときにこちらの臭いで存在を知られてしまう危険性がある。

「それ以前に、余計具合が悪くなりそうだよ……はあ……」

バスタブに手を掛けて立ち上がろうとしたが、一向にその気力が湧いてこなかった。しかしここで座り込んでいても嗅覚がおかしくなるだけだ。

もう一度覚悟を決めなければと自分に言い聞かせていると、背後で足音がしてコンラードが再び姿を現した。

「大丈夫か？　ああ、こんなところで座り込むほどつらいのか。やはり躰が痛むのだな」

「いえっ、そんなんじゃ……っ」

　振り返りざまに青ざめたエミルの前で、コンラードは渋面になっていた。

「無理にでも誰か付けておくべきだったな……私の失態だ」

　浴室の扉の前に数名の使用人が立っていた。手に書類のようなものを抱えている様子を見るかぎり、執務の途中だったのではないだろうか。

　エミルが少し戸惑っていると、コンラードが「ああ」と思い出したような声を洩らして、扉へと歩き出した。

「先ほどの指示の通りで変更はない。遅れがあったところは早急に対応するように。おそらくもう間もなくだ」

　コンラードは使用人にそう告げると、浴室の扉を閉めて再びやってきた。

「お仕事の途中では？」

「気にするな。――さあ、立てるか？」

　手を差し伸べられて、エミルはおずおずと手を出した。今度こそ立ち上がると、ふわりとした湯気でまた噎せそうになる。口に手を当てると、コンラードが頬を撫でてきた。

「先ほどより顔色が悪いではないか。まったく。すべては私のせいなのだから、お前は遠慮などするな。風呂へも入りたがらないそうだな」

「えっ？」

エミルはどきりとした。まさか人狼と疑われてしまったのか？

「不慣れで恥ずかしいのはわかるが、彼女たちにも仕事があるのだ。難しく考えずにさせておけばいい。客人をもてなす気で張り切っていたというのに、がっかりしていたぞ」

「あ……ああ……はあ……」

どうやらそっちの意味で間違われたようで、ほっとした。

「ですが、俺そういうのはやっぱり。……それに女性ですし……」

男性だって困るが、女性にチャームをかけるわけにはいかない。

「だからメイドの代わりに私が来た」

ブラウスのボタンを外しながら言うと、コンラードが腕まくりをした。

籐のアームチェアに腰掛けながらブーツを脱いで裸足になり、ズボンの裾を幾度か巻いていくと、張り切った様子で立ち上がる。

「コンラード様が……？」

「ああ、そうだ。我が屋敷のフットマンを呼んでもいいが、誰が来てもお前は嫌がるのだろう。だから私が来たのだ。諦めて、大人しく湯に浸かれ」

「……っ……～～～っ」

「あんまりだ。という顔をしているな。お前がぐずぐずしているからだ。さあ、素直に諦めろ」

コンラードは心なしか愉しげだった。一方のエミルはいよいよ逃げ場を失い、また唸る。

それはそうとまた新たな問題が浮上してきた。

「も、もしかして、俺が湯に入るのを見ている気ですか？」

咄嗟にエミルは自分自身を抱き締めた。昨日散々見られたとはいえ恥ずかしい。

「見ているだけではなく、頭も洗ってやる。勿論躰もだ」

「けっ、結構です！　そんなこと、貴族のあなた様にさせられませんっ。次期国王候補なのですよっ」

「それがどうしたというのだ。――さあ、話は湯に浸かってからだ。お前がぐずぐずしているのなら、私がガウンの紐をほどくがいいか？」

「自分でやりますっ。ですが、躰は自分で洗いますから、どうか浴室では一人にさせてください」

「それはお前が湯に浸かったら考えよう」

コンラードは誘導が巧みだ。嫌味がなく純粋に愉しげな様子でエミルを思い通りに動かしていく。

「…………わかりました」

さきほどまで噎せそうになっていた臭いは、コンラードのおかげであまり気にならなくなっていた。いや、嗅覚が麻痺《まひ》してしまったのかもしれないが、気持ち悪くなるよりはマシだ。

今度こそ腹を括《くく》ってガウンの紐を手にした。しゅる、とか細い音を立てて紐がほどけると、シルクのガウンの前がさらりと開けた。そっと袖を抜くと、コンラードが背後から受け取ってくれる。

一糸纏わぬ姿を見られていると思うと、皮膚がヒリつくようだ。

いけない。またチャームが出てしまう。

ただでさえコントロールができないのだから、冷静にならなければ。

ふう、と息を吐いて、湯船に右の足先を入れた。——途端に、ぞくぞくっ……と、全身が粟《あわ》立って、エミルは息を呑んだ。

反射的に躰が強張ったが、強引に膝まで入れて、すぐさま左足も突っ込むと、背中に悪感が走り、泣きそうになった。

やっぱり湯に浸かるなんて理解できない。脚が濡れただけでも、纏わり付く水気が気持ち悪い。

ぶるっと水気を弾き飛ばしたい衝動に駆られたが、奥歯を噛み締めながら堪える。

「湯船で直立して、どうした。湯が熱かったか？」

「いっ、いえっ——へ、平気です！」

背後から投げられた問いに、みっともなく声を裏返したエミルは、一気に腰を下ろして肩まで浸かっていた。

「————……っ!!」

ぞわわっ……！　と駆け抜ける凄まじい悪感に、全身の毛が逆立つようだった。

あと少しで狼の姿に戻ってしまいそうなところを、寸前で堪えた。我ながらよく耐えた。危うく耳や尻尾が出てきそうだったが、それも耐えた。さすがに怖くて頭は手で押さえていたが、なんとか出さずに済んだし、チャームも出さなかった。これは相当頑張《がんば》ったと思う。

「随分と勢いよく入ったな」

　ははは！　と、軽快に笑ったコンラードが籐のアームチェアで足を組むと、踵から滴《しずく》が幾粒か落ちて、濡れたタイルの床で微かな音を立てた。

　どうやら勢いよく湯船に浸かったせいで、湯が溢れてしまったようだ。

「あっ……、……申し訳ありませんっ、つい……！」

「なあに、さっきまで顔色が悪かったお前が元気を取り戻したようで、かえって安心する。気にせず湯に浸かれ。――さあ」

　コンラードが席を立った。

　浴室から出て行ってくれるのだろうか。期待して彼を見上げると、浴室の隅に置かれたワゴンを引いてきて、ガラスの瓶と櫛《くし》を手に取った。

「まずは髪を梳《す》いてやろう。洗うのはそれからだな」

「俺一人にしてくれるのではないのですか!?」

「私は考えようと言っただけだ。そして言葉通り考えたが、退室するよりもお前の髪を洗うことが先決だと判断を下した。折角の美しい髪に寝癖がついてしまっているからな。それはそれで愛らしいものだが、私の客人として使用人たちの目もある。ここは相応《ふさわ》しい姿にするのが急務だろう」

「寝癖なら少し濡らせば直りますから。そんな……お屋敷のご主人様にさせるようなことではありません」

「そうなのだ。それでよく父上にも母上にも変わり者だと呆れられている。屋敷の者たちもそう思っているだろう。だからお前が気にする必要はないぞ」

「ですがぁ～～」

ものの見事に躱《かわ》されてしまい、何一つ言い負かすことができない。

為す術もなく湯船の中でしょんぼりすると、コンラードはアームチェアをごとごとと移動させ、エミルの背後へ置いて腰掛けた。エミルにバスタブへ凭《もた》れるようにと、背中を軽く摑まれて後ろへ引かれる。

言われた通りにすると、彼は後ろ髪を優しく梳《と》かしはじめた。

「昨日も思ったが、お前の髪はとても美しいな。しなやかで、私が梳くたびに黒髪が白銀色の光を放っている。こんなにも神秘的な輝きをした髪を目にするのは初めてだ」

魔女の術によって黒く染められた髪をまじまじと見られるのは、秘密を曝《あば》かれるようなスリルがあって、エミルを酷く緊張させた。ましてや白銀色などと言われたら、そこから銀狼と結びつけられるのではないかと一層恐怖心を煽られる。

「緊張しすぎだ。肩が強張っているぞ」

ほら。と、両肩を撫でられて、笑われてしまった。

「もっと楽にしていろ。湯に入って緊張しているなんて、お前くらいなものだ」

人の気も知らないで。――いや、人狼の気も知らないで、コンラードは暢気《のんき》な人だ。

エミルだって迂闊《うかつ》にチャームを出したくないから緊張したくないのだが、湯に浸かるのは嫌だし、何より彼に裸を見られていることが恥ずかしくてたまらないから、意識しなくてもついガチガチに強張ってしまうのだ。

「エミル、まただ。――まったく……私は信用されていないな」

「そっ、そういうわけでは………」

「ではなんだ？」

「それは……俺だけ裸だから、恥ずかしくて……」

「ふむ。確かにそうだな」

頷くと、コンラードは席を立ち、その場でシャツを脱ぎだした。

「え？　え？　えっ⁉」

今度は一体何をする気だろうか？　コンラードは脱いだばかりのシャツをアームチェアの背凭れに掛けると、下まで脱ぎはじめた。

「コンラード様⁉　こっ、こっ……っ」

恥ずかしさに、エミルは咄嗟に顔を逸らした。

「少し落ち着け。顔が真っ赤だぞ。まだのぼせるほど入ってはいないだろうに」

「赤くもなりますっ。ちょ、ちょっとお待ちください！　俺、今すぐ出ますから！」

「駄目だ。そこにいろ」

ズボンも下着も脱ぎ捨てたコンラードが湯に入ってきた。またバスタブから湯が溢れて、タイルの上を流れていく。

エミルは湯船から出ようとしたが、腕を掴まれてしまい引き戻された。抱き込むようにされて彼の腕の中でまた座らされると、緊張と羞恥で頭から湯気が出てきそうだ。

淫らな香りが全身から溢れ洩れてきそうな気配がして必死に耐えたが、背後のコンラードは「丁度いい湯加減だな」と暢気なことを言った。

こっちは彼を狂わせまいとして堪えているのに、知らないというのは本当に羨《うらや》ましいことだ。

いっそ我慢などせずに派手に吐き出してしまおうかと思ったが、それで結果的に困るのはエミルなのだ。結局耐えるしかないと、乱れた心を落ち着かせようと必死に深呼吸した。

大きく息を吸い込んだ直後に、うなじを撫でられて「ひえ！」と上擦った声が出た。

途端にじわっ、と全身から染み出てきた気配にエミルは四肢を強張らせる。

今、チャームが出てしまっただろうか。もし出ていたとしたら、コンラードは吸い込んでしまったのではないか。おそるおそる振り返ると、櫛を持つ彼が小首を傾げた。

「どうした？」

「えっ。いえっ」

慌てて前を向くと、コンラードが再び髪を梳きだした。

バスタブは大人二人が入ると少し窮屈だが、エミルが小柄なぶん余裕があった。

先ほどは無事だったようだが、一緒に湯に入るなんていつチャームが暴走するかわからない。今だってドキドキしっぱなしで、気持ちが落ち着く気配がない。また驚かされたら、今度こそチャームが出てきそうでとにかく不安だ。

「また緊張しているな。私の側にいると、そんなに落ち着かないのか」

「それは……仕方ないことだと思います。俺はただの使用人ですし、あなた様は国の王様になられるかもしれない方なんですから」

「ならば私が王にならなければ、お前は緊張しなくなるのか？」

「そういうわけじゃありません。というか、俺なんかの言うことで王にならないなどと仰らないでください」

「ちょっとした話題の一つだ。お前こそ自分を卑下するようなことは言うな」

「ですが、普通貴族は使用人と一緒に湯浴みなどなさいません」

「お前は客人だと言っただろう。少なくとも、この屋敷に滞在している間は使用人ではない。――さあ、髪を洗おう。エミル、ワゴンの茶色の小瓶をくれ」

半身を起こして手を伸ばし、言われた通りの瓶を取り手渡した。再び彼の腕の中へと戻ろうとして、はっとした。

「と、というか、どうしてこの体勢なのですかっ」

「向き合ったら、お前が恥ずかしがるだろうと思ってな」

「それはそうですが……でもこれも落ち着かないというか」

「では向き合うか。私はどちらでもかまわんぞ」

しどろもどろなエミルに、コンラードはあっさりと承諾して小瓶の栓を開けた。手の平にオイルのようなものを垂らすと、軽く手で揉みながら泡立てていく。白い泡が立つと花の香りがしてきた。

「さあ、こちらへ来い」

バスタブの中で漸く離れられたと思ったのに、また近づかなくてはならなくなった。しかも今度は向き合ってだなんて。躊躇うエミルをコンラードは急かす。渋々と距離を縮めれば、エミルの髪に泡を塗っていった。

甘い香りで鼻がむずつく。くしゃみが出そうな気配をぐぐっと耐えながら、大人しく髪を洗われるが、間近にコンラードの端正な容貌があって目のやり場に困ってしまった。下を見れば、湯船の中に揺れる彼の肢体が見える。

困ったことに彼は下を隠していなかった。それはエミルもだが、昨日の行為のあとでは、否応《いやおう》なしに意識してしまって余計に落ち着かない。しかし上を向けば澄んだ蒼い瞳とかち合って、とにかく居心地が悪い。

そわそわとしてきて、たまらず顔を逸らすと「前を向け」と頭を摑まれるし、下を見ればエミルのよりも立派なそれが……。

「あのっ…………やっぱり、さっきの体勢で、いいです……」

もぞもぞしながら言うと、コンラードが、くっと笑った。

「だから言っただろう。まあいい。さあ、こちらへ。景色はいいが頭を洗うなら、私もさっきのほうが楽だ」

彼の腕の中へそっと収まると、湯とは別に彼の体温が肌へと伝わってきた。

背中を丸めながら、じっと彼のいいようにさせていると、湯船の中へぽたぽたと泡が落ちていった。それを手で掬《すく》ってじわじわと消えていくのを見つめる。照れと恥ずかしさと緊張で相変わらず鼓動は早いままだし、頬も熱いが、徐々に落ち着いてきているような気がする。

「痕が残ってしまったな」

ふいに言われて、エミルが振り返ると、先ほど撫でられたうなじを泡だらけの指がつついた。

「昨日の痕だ。――ここにも、ああ、ここにもある。点々と残っているな」

首筋や背中に刻まれた情痕を一つ一つなぞられて、背中が反った。くすぐったくて身を捩るエミルに気が付いて、コンラードが手を離した。

「昨日は本当にどうかしていた。獣のようだったと反省している。初雪のようなお前の白肌に幾つも痕を残してしまうほど餓えていたなんて……こんなことは初めてだ」

「もう過ぎたことですから、どうかあまりご自身を責めないでください。俺、誰にも言いません。それにお屋敷の方たちにも絶対に気付かれないようにします。俺のせいでコンラード様の経歴に傷がつくなんてことがあったら、悔やんでも悔やみきれませんから」

「私の経歴などお前が心配することではないのだ。それよりもお前自身の躰を労《いたわ》ることに専念しろ。どうだ？　湯浴みもいいものだろう？　躰が温まれば血の巡りもよくなるし怠さも取れる。その証拠に顔色もよくなってきたぞ」

　肩越しに顔を覗かれ、気恥ずかしさに俯いた。

「さあ、流すぞ。目を閉じていろ」

　両手で目を押さえると、頭のてっぺんから湯をかけられた。ざばーっ、と賑やかな水音がして、湯船が大きく波打つ。水嫌いの人狼にとっては、そんな音にさえビクついてしまうほど苦手だ。

「もういいぞ」と言われて、そろそろと目蓋を開けると、湯船に泡が浮かんでいた。

「うん。一層美しい髪になった。メイドが洗えば、もっと綺麗になっただろうに」

　コンラードは余程気に入っているのか、濡れた髪を丹念に梳かしていた。

　頭からぽたぽたと滴を垂らすエミルは、髪を梳かされるよりも、寧ろ一気に振るい飛ばしたい衝動に駆られたが必死に我慢した。

　風呂に入ったり、髪を梳かしたりと、人間は様々なことに手間をかけている。だから国王や貴族は使用人を多く従えているのか。――と、今更気が付いた。

　もしコンラードが本当に国王になったら、城で毎日顔を合わせることになるのだろうか……。

　ふと思ったが、エミルは祖父の牙を取り返すことが目的で城へ入ったのだ。無事手に入れたら城で働く意味はないし、いつまでも人間に紛れて暮らすのは銀狼として危険すぎる。それに村や家族が恋しい。

トラブルが重なり、なぜか今二人で湯船に入っているこの刻は、とても奇妙だけれど貴重な時間だと実感した。

「次は躰だ」

いつの間にかコンラードの持つ手が、櫛からブラシに変わっていた。

「背中は私がするから、お前は前を頼むぞ」

「はい」

前屈みになるように言われて上体を倒すと、柔らかなブラシが背中を撫でていった。

「染み一つないとは、お前の躰を指すのだな。染みどころか傷もない。お前の両親は大切に育ててくれたのだな。素晴らしい」

「はあ……こんなに褒められることもないので、正直恥ずかしいです」

「誇っていいことだぞ。城ではアルヴィルに会ったか？」

「いえ。俺はあまり賓客とお目にかかることがないので」

テオドール仕えとはいえ、極力表に出ないようにしていたし、会っても遠くからだった。だからコンラードがエミルを知っていたことが不思議なくらいだ。

「それは運がよかったな。もし見つかっていたら嫉妬されていたぞ。クビにしろとテオドールに直訴していたはずだ。あれは自分より美男を嫌うからな」

「……ではコンラード様も嫌われているのですか？」

「私か？　さあ、どうだろうな。子供の頃から会うたびにやたらと甘えられているが、嫌われていると感じたことはないな」

アルヴィル・ライコネンは線の細い美青年だが、病的な危うさが近寄りづらくて、コンラードの誠実な雰囲気のほうが印象はよかった。

「ライコネン様は幼馴染みなのですよね。……幼馴染みの間で王様を決めるんだ……それって、不仲になったりしないんですか？」

コンラード・カルヴィネ、アルヴィル・ライコネン、そしてパーシオ・オルヴォは次期王候補の三人だ。王は国で最も力のある三つの貴族の中から選ばれる。――というところまでは、エミルも城で働くようになって自然と学んでいた。

「元々我らは王になるために在るからな。そんなことも知らないのか？　近頃ではゴシップ紙があれやこれやと書き立てていると聞くぞ。街では誰が王になるか賭けをするとか」

「俺は田舎育ちだし、城では新聞を読む時間なんてありませんから。……実はあんまりよくわからなくて……」

「テオドールめ、働かせすぎだ。――さあ、前を」

ブラシを渡されて、エミルが腕を磨きはじめると、コンラードが柔らかな布で背中を流してくれる。

何から何まで丁寧な手つきだ。

「三つの大貴族の中から次代の王を出すのはこの国の決まりごとだ」

その王をどうやって決めるのか——と、訊きかけたが、エミルは頷くだけに止《とど》めた。

「今の王はアルヴィルの伯父にあたる人だ。父の兄だな」

「えっ、ではお父様のご兄弟と、あ………」

愛人——と言いそうになって、エミルは口を押さえた。

気まずくなってそろりと振り返ると、彼は背中を流す手を止めて苦笑した。

「アルヴィルに立てる義理はない。あれはあれで好き勝手にしてる」

「はあ……なるほど」

「王は国と婚姻を結ぶのだ。だから愛人は同性のみ許されている。子を作ってはならないからな。その代わりに子は王の弟妹が作り、その長子が次代の王候補になる。——手が止まっているぞ、エミル」

「はいっ」と慌てて反対の腕を。そして胸や腹をブラシで洗っていくと、ざばざばと音を立てて水面が揺れた。

「王に選ばれなかった家は、そのまま長子が家督を継ぐ。私の父がそうだ。そして長子である私が、次いで末子である弟が生まれると、父は家督を私に譲り領地内の別邸へと移る。私はカルヴィネ家の長として王になるための準備に入るのだ」

だからまだ若いというのに、屋敷の主人なのか。エミルは納得した。

「といっても、何をするわけでもないがな。ひとまず女遊びと怪我だけはするなと口うるさく言われ続けるくらいだ」

彼は笑っているが、大貴族の長となればそれだけではないだろう。大勢の使用人だけではなく広大な領地や領民たちを一手に統《す》べるのだから、苦労は多いはずだ。しかし彼はそんな姿をおくびにも出さなかった。

「コンラード様が国王になられたら、城の人たちはきっと喜ぶと思います」

「そうか？　しかしテオドールは嫌がるかもしれないな」

なぜテオドールだけが？　くつくつと肩を震わせて笑う意味がわからずに、エミルが小首を傾げると、コンラードが腰に腕を回してきた。引き寄せられて抱き締められ更に躰が密着する。

「こっ……コンラード様っ」

「動くな、湯が零れる」

「ですがっ…………――――……ぅう……」

警戒が薄らいでいたところに不意打ちを食らってしまい、鼓動が大きく跳ね上がった。

薄っぺらなエミルの背中に、彼のたくましく引き締まった胸板が触れている。先ほどまで温かいと感じていたそこが、熱く感じて茹《ゆ》だってしまいそうだ。

耳の裏で鼓動がドクドクと鳴りはじめて、緊張に全身が強張っている。

エミルはまた、落ち着け、落ち着け……と、自分に言い聞かせながら、ゆっくりと息を吐いた。

「急にどうされたのですか……？」

「昨日の今日でお前が無防備すぎるから、少しだけ拗ねた」

「それは……？　それはどういう意味ですか？」

彼の腕の中で身を丸めながら、エミルはぼそぼそと尋ねる。

恥ずかしさで彼の顔を見ることができない。振り返ったらきっとすぐそこに端正な美貌と蒼い瞳があるのだろう。きっとエミルを見つめているはずだ。

「少しも私を意識してくれないのか、とな。我らが一糸纏わぬ姿でいることに気付いていないわけではあるまい」

「そっ、それはっ……俺、恥ずかしくて、ずっと意識しないようにしていて……だから、拗ねないでください。俺が困ります」

「そうか、困るか。困らせておきたいものだな」

ふふ、と密かな笑みを零したコンラードが、うなじに頬ずりをしてきた。ビクッと躰が弾んで、またアレが出てきそうな気配に背中をぞわぞわとさせる。

「美しいうなじだ。細くて折れてしまいそうだな。肌もきめ細やかで、なめらかだ」

その言葉にどう答えていいのかわからずに、エミルはぐるぐると悩みだした。

おそらくまだチャームは出ていないから、コンラードは影響を受けていないはずだが、それにしても昨日の続きがはじまるような雰囲気がして気持ちが落ち着かない。昨日彼が肉欲に走ったのはエミルのせいだが、今の彼の状態はどういうことなのだろうか？

もし本当に行為がはじまってしまったら、体力的にも体格的にも逃げられる自信がない。

「エミル。お前は私が王になったら、喜んでくれるか？」

「え……？　俺が、ですか？」

「そうだ。お前はどうだ？」

「俺は……きっと嬉しいと思います」

そのときには、城にいないかもしれないけれど。

「そうか」

コンラードは短く答えて、腰に回していた腕を解いてくれた。

拘束が外れて、緊張が少しだけ和らいだ。彼の側にいるとドキドキしっぱなしだ。気持ちが落ち着くことがない。

「――しかし、私のライバルたちはそう簡単には王にさせてくれない連中だがな」

何か思い当たる節があるのか、神妙な顔で髪を掻き上げた。

湿気を帯びた金の髪がなめらかに輝いて、とても艶《あで》やかだった。彼はエミルを綺麗だと度々褒めてくれるが、コンラードだって男性的な色気と華を纏い、凛々《りり》しい。一目彼の姿を見てしまうと胸の疼きを隠せなくなるから、彼の存在は危険だ。魅入られてしまうオーラがある。

「幼馴染みとなれば、お互いをよく知っているでしょう」

　エミルはそわついた気持ちを逸らすように言った。

「ああ。近頃は一層腹の探り合いが酷くなってきた。近々またそれがアルヴィルの屋敷であるかと思うと頭が痛い」

　彼はそう言って暗い顔になってしまったが、エミルは小さく目を見開いた。勢いよく振り返ると、湯が波打って飛沫を上げた。

「――っ。またあのお屋敷へ行かれるのですか？」

　声を鋭くしたエミルに、コンラードが目を細めた。

「エミル、お前の考えていることがわかるぞ」

　鋭い視線がチクチクと刺さって痛いが、目の前に現れた好機を取り逃がすわけにはいかない。

「教えてください。本当にライコネン様のお屋敷へ行かれるのですか？」

「私が行くと言ったら？」

「ど、どうか私を連れて行ってください！」

「なぜだ？　また盗みを働く気か？」

「それは……、……」

　コンラードの言う通り、盗みを働く気だから屋敷へ行きたいのだが、素直に頷けなくて苦渋の表情で返事を濁らせた。

　目の前ではエミルの答えを、コンラードがじっと待っている。少しの沈黙が流れると、ぴちゃん、

ぴちゃん、とどこかで落ちる水滴の音が浴室に響いた。

「盗みを働くとわかっていて、連れて行くわけにはいかないだろう。諦めろ、エミル」

いつまでも白状しようとしないエミルに溜め息を落として、彼が言った。

「当日は狩り好きのパーシオもいる。またお前がミスをして騒ぎになったら、あれから庇いきれる自信がない」

「コンラード様に迷惑はかけませんっ――いや……っ。……ごめんなさい……わかりません……」

迷惑をかけないと言い切れるなら、もっと早くに牙を取り返しているはずだ。

エミルが何をやっても駄目だから、どんどん状況が悪くなってしまっているのだ。もしコンラードを巻き込んだせいで、信用を損なうことがあったら、次期王候補としての立場が危うくなるのではないだろうか。急に不安がよぎる。

「暗い顔をするな、エミル。お前はいつも何か思い詰めた顔をしているな」

大きな手が頬を包み、指の先が顎の線を撫でていく。

「それが盗みを働く理由なのか？」

彼の優しい愛撫がエミルの心を一層苦しくさせて、睫毛を落としていた。

ホントの理由を言えば、エミルはここにいられなくなる。

彼は貴族だ。狼を狩る人間だ。次期王を決める狩りが近々行われるとしたら、人狼であるエミルを放ってはおかないだろう。

彼の優しさが恐ろしい事実を霞ませるせいで、つい甘えてしまいたくなるから本当に困る。

エミルは「存分に甘えてこい」というテオドールの言葉を思い出した。

言伝を聞いたときは、コンラードに甘えたら何かいいことがあるのだろうかと思ったが、こういうことではないだろうか？　彼はエミルの容姿をことあるごとに褒めてくれるし、少なからず気に入ってくれているのではないか？　もしそうならば、甘えない手はないだろう。

そう思ったら、今度は別の意味で胸がドキドキしてきた。

説得が無理なら色仕掛けだ。こういうときこそチャームの能力がものを言うが、普段は意思に関係なく出るくせに、肝心なときに出し方がわからない。

仕方なくチャームに頼るのは諦めて、色気で頑張ろうとエミルは決意した。果たして自分に色気なんてものがあるのかわからないが、テオドールの言うように、存分に甘えるための努力はしてみよう。

漸く決心して、エミルはコンラードを見た。

銀色の瞳でじっと見つめると、彼は眩しそうに目を細めて、すっと顎を引いた。

警戒した空気を感じて、エミルは内心焦る。

やっぱり色仕掛けなんてハードルが高すぎただろうか。いっそ笑い飛ばしてくれればいいが、コンラードは無言のままでエミルを見つめ返してきた。それはまだ脈ありということだろうか？

彼の反応を見ても全然わからないが続けるしかない。

おずおずと彼の胸に手を触れて、そーっと寄り添ってみた。

途端にコンラードが四肢を強張らせる。

急に妙な振る舞いをして怒ったのだろうか？　不安になって、ちらりと彼の顔を見ると、眉間に深い皺を浮かべて難しい表情をしていた。

ぱっと見、怖い。やはりエミルに怒っているのだろうか……。

呆れているにしては難しい顔つきだし、笑いを堪えているふうでもない。

どうしよう……と、エミルはぐるぐる考えたが、結局引き下がれないまま胸に置いた手を肩へと、そろりと回していった。

肩を抱くようにしてみると、二人の躰は一層密着して、湯の温度よりも体温のほうが熱く感じられた。二人の脚が湯船の中で絡み合う。

エミルの近くで鼻筋の通った美貌が険しい顔をしていた。おずおずしながらもじっと見つめていると、コンラードがゆっくりと見返してきた。

「……こ、これは、どういうことだ……？」

声が掠れていた。

「コンラード様、ライコネン様のお屋敷へ、どうか俺を連れて行ってください」

「ふむ……。つまりは色仕掛けできたわけだな……なるほど……」

「一応そのつもりなんですが……俺じゃあ、やっぱり色気がないですよね……？」

ううん、とコンラードは気難しい声で唸り、エミルの腰を摑んで、そっと引き離した。

「昨日の今日で言うことか。あまり私の理性を試すな。……まったく……これでも昨日のことを反省して、真摯でいるつもりなのだ」

「はい、コンラード様はとても真摯です」

「褒めてくれて光栄だ。……はあ、しかし急に何をするかと思えば。お前には本当に驚かされる」

やはり色仕掛けでも駄目か。少しは効いていたようだが、結局失敗に終わってエミルは落胆した。

しかしライコネン家へ行く目的を諦めるわけにはいかない。こういうときこそチャームが大活躍しそうなのに、なぜ出てくれないのか。本当にもどかしい。

「さあ、もう出るか。湯が冷えてきた」

「えっ!?」

湯から出たら、この話題が終わってしまう。

いくらエミルを客人としてもてなしてくれても、彼には執務があるだろう。先ほども忙しそうにしていたし、きっとエミルが湯浴みを嫌がらなければ、仕事をしていたのかもしれない。

「コンラード様っ」

立とうとした彼を抱き締めて、湯船へ戻した。

「エミル、何をしようと駄目なものは駄目だ。お前をアルヴィルの屋敷へ連れて行くことはできない。それがお前のためだ」

「俺なんかをあなた様が心配してくださるのはありがたいです。ですが、どうしても俺はライコネン様のお屋敷へ行かなくてはならないのです」

「だからそれはなぜだ。お前が盗みをせずに解決できるなら、私も協力する」

「それは……ですから言えないのです。だけどっ……だけど、俺にとっては人生を左右する重要なことなんです」

「人生を？　それは随分と大袈裟《おおげさ》な」

「本当ですっ。だからこうして、恥を忍んであなた様にお願いしているんです」

「恥など……。――とにかく手を離せ。昨日のようにまた私に襲われたいのか？」

「手を離したら湯から出てしまうでしょう。この話は終わりにさせられます」

「そうだろうな。そのつもりだった」

「だから離しません。コンラード様がライコネン様のお屋敷へ俺を連れて行くと仰るまで、絶対に離しませんっ」

「……エミル。お前という奴《やつ》は。このままでは冷えた湯で風邪をひくぞ」

「平気です！」

「強情だな。……気弱かと思えば、時に強情になる。色気がないと言いながら、私をどきりとさせる。ああ……参ったな。頼むから手を離せ。私の理性を試すな、エミル」

　弱り声にエミルはかぶりを振った。

「お前がどんなに頼もうと、無理だ。お前を連れては行けない。こうして我を張る姿を見たら、余計に心配になってしまった。きっとお前はまた無茶をするだろう。だから駄目だ」

「それじゃあ俺は……っ」

牙を取り返せないまま、一族から半端者と呼ばれて村を追い出されてしまう。

ライコネン家の屋敷に牙があるかもしれないのに、手が出せないなんて悔しいだけだ。それは元々エミルの家族の形見なのに！

込み上げてくる憤りをぐっと堪えて、エミルは考える。

必死に頭を巡らせて、この頑固なお貴族様が首を縦に振るようなことを考え続けると、一つだけ案が浮かび上がった。

「――俺……っ」

言いかけてすぐに言葉が詰まってしまった。

鼓動がまたドキドキと早くなってきた。緊張に昂ぶる気持ちを落ち着けながら、じっと蒼い瞳を見つめる。

「俺、――銀狼を知っています」

エミルが告げると、途端にコンラードが眉を顰めて、肩を摑んできた。

「なに？　銀狼を知っているだと？　しかしお前は知らないと言っただろう」

「はい。言いました。だって人は言うでしょう。狼は神の使い、銀狼は幸福の象徴だと。姿を見たらそっとしておかなくてはいけないから」

「だから嘘を吐《っ》いたと。——ではあのとき、森で銀狼を見たのだな？」

「はい。見ました」

少し怒ったように見えた彼に、エミルは頷いた。

「居場所も知っています」

「なに！　本当か!?」

コンラードが前のめりになった。

怖い顔だ。やはり捕まえる気なのだろうか……。不安が胸をもやつかせる。

「どこにいるっ」

「それはまだ言えません。でももし俺をライコネン様のお屋敷へ連れて行ってくれたら、銀狼の居場所を教えます」

「……」

コンラードがじっとエミルを凝視した。エミルも強い眼差しで見返して、答えを待つ。

「それが真実という保証はない」

銀狼のネタをちらつかせても、そう簡単には落ちてくれないところは聡明《そうめい》だと思うが、苛立ちが募っていく。しかしこれ以上、彼を誘惑する餌がない。エミルは折れそうな気持ちをギリギリで耐え続けて、口を開いた。

「先ほど言ったはずです。あのお屋敷へ行くのは俺の人生を左右する重要なことだと。あのお屋敷には俺に関わる大切なものがあるんです」

「だから嘘ではないと？」

「信じてくださるかどうかは、コンラード様のお気持ち次第です。俺はこれ以上何も言えません」

嘘ではない。――とは、どうしても言えなかった。

コンラードが誠実で真摯な男だとわかって吐いている嘘なのだ。じっと見つめながらも、罪悪感に胸が疼いて居心地が悪い。見つめ返してくる彼の眼差しは一途《いちず》で、そこに疑いの色は感じられないから余計に苦しい。

見つめているだけで、試されているようだ。少しでも気を抜いたら嘘だと言ってしまいそうで、ずっと不安に揺らいでいる。

エミルの感情を彼は見抜いているのだろうか……。

目の前にあるひたむきな眼差しに耐えきれずに、エミルはまた彼の胸に寄り添っていた。

「……エミル」

今更色仕掛けなんてするつもりはないが、少しでもエミルをよく思っているのなら、我が儘を聞いてくれないだろうか……。そんな、不器用な甘えだ。もうこんなことくらいしか手がなかった。

「お前は私を惑わせるのが巧いな」

吐息を零すと、たくましい腕が抱き締めてきた。

そのまま後ろ髪を撫でられて、気恥ずかしさにむずむずとしてくる。

コンラードは何も言わずに幾度もエミルの髪を撫でて、時折指で梳いていた。急にそんなことをされて、一体彼が何を考えているのかわからずにエミルは戸惑う。

「あの……コンラード様……？」

エミルは彼の肩に顔を預けながら、また不安になっていた。

「反対するのは心配しているからだ。お前を独り占めしたいわけでも、アルヴィルに嫉妬しているわけでもない。勿論嫌がらせでもない」

「わかっています」

「それでも行きたがるのだな」

「はい」と、エミルがしっかり頷くと、コンラードはゆるゆるとかぶりを振った。

「屋敷へ連れて行くとなれば、二人にお前を見られることになる。……ああ、やはり私はお前を独り占めしたいのか……わからなくもないがな……」

彼の手が腰から太腿へと滑り、こそばゆさに躰が小さく反応した。

あっ、と気付いたときには、躰から甘い香りが微かに立ち昇っていた。

こんな僅かな刺激でチャームが出てしまうなんて、一体どういうことだろう。焦るエミルの前で、コンラードが吐息を震わせて、不思議そうに瞬きをした。

「コンラード様、湯から出ましょう」

こんな近距離では甘い香りからは逃げられない。

きっと出たのは少量だ。少し躰を冷やせば、すぐに効果は切れるはずだ。

しかしコンラードは頷くことなく、瞳をうっすら潤ませながらエミルの背中へと腕を回していった。

「屋敷へは三日後に行く。お前は当家の使用人として連れて行く。それでいいか？」

「――っ、……はい！」

「それまでにお前の衣装を仕立てさせよう。借り物ではこのしなやかなラインが隠れてしまうからな」

そう言いながらも、ボディラインを確かめる手が背中から尻へと落ちて、太腿へと流れていく。

「は、はい……――っ」

意味深な手つきにぞくぞくしながら、掠れた声で返事をしたエミルに、コンラードが優しい笑みを返した。うっとりとした眼差しを見れば、彼がまた理性を飛ばしてしまったとわかる。

またやってしまった……と密かに反省しながらも、一方で彼のまろやかな輝きを放つ瞳と柔らかな笑みに誘われて、エミルまで微かに笑顔を返していた。

「私の同行者として相応しい姿になってもらうぞ、エミル」

「はい……ぁ…っ」

吐息まじりに答えた唇を、コンラードの濡れた指がゆっくりとなぞっていった。

エミルの中の肉欲を暴いていくような愛撫が気恥ずかしく感じられて、俯こうとすると顎を取られて上向かされ視線が重なった。

とく、と胸の鼓動が跳ねて、淫らを誘う熱がじわりと躰から溢れていく。

彼を狂わせてしまったら、あとでまた悔やませてしまうのに、自分の意思とは関係なく勝手にチャームが出てしまうのがもどかしい。

「エミル、お前を見ていると、自分の中にも理性では抑えきれない本能があるのだと気付かされる。浅ましくて自分勝手な醜い欲求だ……」

「醜くなどありません。あなた様は誠実な人ですから」

すべてはエミルのせいなのだ。真実を打ち明けられないことで、彼が自分を恥じているのがエミルにはつらい。苦しさに睫毛を落とすと、大きな手の平が右の頬を包んできた。

「そうありたいと思っている。――だが、お前がそうさせてくれないのだ」

「……俺のせいですか……？」

「ああ、そうだ。理性的でいようとしても、お前に惹きつけられてしまう」

「それならばコンラード様は何も悪くない。すべて俺のせいです」

真実を打ち明けることはできなくても、認めることで少しだけ気持ちが楽になったような気がする。安堵から柔らかな笑みが零れると、コンラードがゆるりとかぶりを振って、吐息を零した。

「そう容易《たやす》く認められてしまうと、かえって困ってしまうな。今度は悪い私が出てしまいそうだ」

彼は困った顔だ。

「俺がコンラード様を駄目にするんですか……？」

「さあ、どうだろうな。――お前のせいだと責めれば呆気《あっけ》なく認めてしまうんだからな。では罪を認めたなら罰を与えなければ、意地悪な私が出てしまうぞ」

「そ、それは困りますっ。俺だって、どうすることもできませんから」

「無意識なのが余計に怖いな」

　コンラードは笑った。

「まあいい。あまり私を甘やかすな。お前の優しさに付け入るぞ」

「……そんなこと、していないんですよ……？」

　淫らな香りで誘惑したのは事実だから、それを認めただけなのだ。

「そうか？　では私が一方的に舞い上がっているだけかもしれないな。——ほら。お前のせいで鼓動が早い。ずっとこうなのだ」

　手を取られて彼の胸へと押し当てられた。

　とくとくと少し早く感じられる鼓動が手の平から伝わってくる。白い肌に引き締まった胸板が滑らかで、許されるならばこのまま触れていたいくらいに——いや、寄り添って密着したいほど手の平に馴染んでいた。

「……それは、俺もです。コンラード様のお側にいると、ずっとドキドキしている。落ち着こうとしているのに、ちっともできないんです」

　チャームは相手にだけ効果があるものだから、エミルを惹きつけるのはコンラード自身の魅力なのだろう。もし彼が本当に王となったら、国民を魅了するだけでなく、人狼までも惹きつけてしまうかもしれない。彼からはそれほどに清廉とした存在感と色気を感じる。

「もっとドキドキさせたら、怒るか？」

答えを待つコンラードはこめかみにかかるエミルの髪を指先で払って、顎のラインをなぞっていった。優しくてもどかしい愛撫にぞくぞくして、重たい溜め息が唇の隙間から零れる。

気持ちではストップをかけなければと思っているのに、甘い誘惑に心惹かれている自分がいる。

人間に情なんてかけてはいけないし、目的を果たせば別れが来るのだ。それなのになぜ目先の誘惑に抗えないのだろうか。

「コンラード様は、……もっとドキドキしたいですか……？」

蒼い瞳を見つめながら、エミルは尋ねていた。

答えなど聞かなくてもわかることなのに、彼の口から聞きたい欲がエミルを駆り立てる。

彼に求められたいのだろうか？　エミルは自分の中にある、不可解な欲求の意味を知りたかった。

「答えるまでもない。お前の気持ちを聞くまではと、これでも紳士的に我慢しているのだから」

そう言いながらも、彼の吐息は既に浅く乱れつつあった。

湯の中で大きく張った彼自身に気が付くと、エミルは小さく驚いた。見事なそれの近くで、エミル自身が緩やかに頭を擡《もた》げているのまで見えてしまい、羞恥に頬が熱くなった。咄嗟に身を引いたが、彼の腕に肩を抱かれていて動けない。

それでも湯船が大きく揺れて、ぱちゃんと飛沫を上げた。

「昨日のような無体はしたくない。――それでも、私はお前を……」

「ぁ……、……」

エミルの答えを聞く前に二人の唇が優しく重なり合っていた。

（駄目だ……）と、心の中で拒絶したが、彼の胸に置いたエミルの手は突き飛ばすこともなく、寧ろくちづけをきっかけに肩へと回されていった。それを彼も承諾と取ったのだろう、たくましい腕が腰へと回されて引き寄せられる。

二人の腰が密着して、彼の昂ぶりを直《じか》に感じた。同時にエミルのこともコンラードは気付いてるだろう。緩く立ち上がっていたそれは、既に芯を硬くして熱くなっている。

啄むようなくちづけがはじまり、唇と吐息が幾度となく触れ合いを重ねると、エミルの吐息はこそばゆさですぐにも浅くなっていった。喘ぐように呼吸するエミルの唇を、コンラードは丹念に舌先でなぞり、弾力を確かめるように幾度も角度を変えながら甘噛みしてくる。

固い歯の感触が粘膜に食い込んで、微かな痛みが快感を教えてきた。

「は……ぁ、あ……」

うなじがざわつくような刺激が、またエミルに掠れた声を出させる。

キスの合間に下唇を甘噛みされるうちに、そこだけがとろとろに火照ってしまい、熔けてしまいそうだ。次第に躰の力が抜けていくと、コンラードにすべてを任せるような状態になっていた。

少し窮屈なバスタブの中で密着し合い、脚を絡ませる。

啄むような軽いキスから深いくちづけへと変わっていくさまに酔っていると、彼の手がエミルの腰を撫でてきて、そのまま性器を直に握ってきた。

間を置かずに幹を擦られて、下腹に力が入った。

「ンぁっ……あ！」

浴室にエミルの弾んだ声と、水の跳ねる音が賑やかに混ざり合う。

「あっ、あ！　コンラード、さま…っ、あっ、ぁん、ん…ッ」

下腹を痺れさせ、背中を這い上がっていく刺激にエミルの躰は湯の中で身悶えた。他人の手によって未知の感覚を与えられるのは、羞恥よりも恐れのほうが強かった。それでも快感を与える彼に縋《すが》り付いていないと、怖くて耐えられない。

コンラードの手はエミルの性器を愛撫し続けた。

繰り返し幹を擦りながら、一方で陰嚢を手の中で乱雑に転がして、強弱のある圧迫をしてくる。強く押され、根元から搾られると射精感が上ってきて尿道が激しく疼く。

エミルは背中を仰け反らせながら、わなないた。

「あ！　あっ……ゃっ、あぅっ、……お、俺だけ、なんて……ヤッ……ンぁ！　あッ」

じわ、と杭《くい》の先から熱いものが溢れた気配に腰が震えた。

同時にまたチャームが出てしまった気がする。案の定コンラードが息を切らして、餓えた双眸を向けてきた。獣じみた雰囲気にエミルが一瞬怖《お》じ気《け》づくと、彼がはっとしたように瞠目してかぶりを振った。

「駄目だ……お前を脅えさせたいわけじゃない……っ」

自分自身を戒めるように言い、苦しそうに肩で息を吐き出した。

二度三度と大きく息をしたあとで、ゆっくりと頭を擡げて再びエミルを見返してくる。

そこにはもう餓えた色はなく、少し苦しげだが優しい眼差しだけがあった。

「……あなたって人は……」

人を惑わせるチャームに屈しないだなんて、なんて強い精神力の持ち主だろう。

能力にかかっているとも知らず、ただエミルを怖がらせたくない一心で耐えてくれたことにも感動してしまう。こんなことをされては情が芽生えてしまいそうだ。——いや、もしかして既に靡いてしまっているかもしれない。

(駄目だ。絶対に駄目！)

微かに覚える胸の疼きに気が付いて、エミルは自身を叱咤した。

人狼の中には人と恋に落ちて家庭を持つ者もいるが、銀狼は外見のせいで極力人間を避けて生きる。

エミルも通過儀礼さえなかったら、村で生まれて一生を終えただろう。こんなふうに人間に求められることも、それを許してしまうことも、銀狼の自分にはあり得ないことなのだ。

これは牙を取り戻すための手段だ。

コンラードを味方に付けるための重要なミッション。——ただ、それだけだ。

強く自分に言い聞かせた途端に、胸の奥が締め付けられるように痛みを伝えてきたが、エミルは堪えた。

そして再びゆっくり彼の胸に凭れると、そっと彼自身に手を伸ばしていた。

「――っ、エミル……？」

幹を優しく握った途端にコンラードが戸惑いの声を出して、エミルの手首を摑んできた。

「お、俺だけなんて……嫌なんです。……だから俺が、コンラード様を……その……」

気持ちよくしたい。と、最後まで言えないほどに緊張していたが、覚悟した以上は引き下がることはしたくなかった。エミルのそれよりも太い幹を軽く撫でると、コンラードが息を呑んで、エミルを強く抱き締めてきた。四肢が強張り、肩に顔を埋める彼が微かに呻いている。

少し撫でたくらいで、こんなにも強く感じてくれるなんて驚きだ。

「コンラード様、大丈夫ですか？」

「……ああ。……お前に愛撫されていると思ったら、それだけで達してしまいそうだった……流石《さすが》に格好悪くて耐えたがな」

顔を起こしたコンラードは、ふっ、と笑ってみせた。

「少しくらい格好悪くたっていいのに」

指の先で裏筋をなぞり上げると、またコンラードが息を呑む。

すぐにも応戦的な笑みを浮かべて、エミルの性器を撫で上げてきた。仕返しのように裏筋をなぞられて、雁裏から亀頭へと細い溝をなぞっていき、最後には先の小孔を爪先が掻く。

「ンぁっ…！　だ、駄目、そこっ…ッ、あ！　アッ、ぁっ……！」

こりこりと小孔を穿られるたびに腰がビクビク跳ねて、どっと汗が出た。全身が熱を持っていく。

目の前でエミルを見つめるコンラードの顔に優越感が見えて、少し悔しい。

再び彼の砲身を摑み、激しくしごいてやると、せつなげに顔を顰《しか》めながら息を切った。大きな雁を握り、手の平で擦る。

湯の中でもぬるついた感触がわかって、擦っているところが熱くなる。

「恥ずかしがっていたわりには、随分と大胆だ」

「コンラード様が、勝ったような顔をされていたから、悔しくて……ぁ、ふ、……ンッ」

陰嚢を捏《こ》ねられ、更に奥の会陰をぐいぐい押されて下腹に甘い波紋が広がっていった。

真似《まね》するように手を動かすと、目の前で気持ちよさそうに目を細めている。けれどその眼光は爛々《らんらん》としており、エミルを捕らえて離さない。視線に犯されながら幹を激しく擦られて、急速に昂ぶりがクる。

「は……！」

血が沸く感覚に全身が粟立った。

「あっ……！　おれ……ッ、も、もう……ッ」

絶頂の気配が尾てい骨を震わせて、エミルは背中を仰け反らせた。腰がビクついて、内腿が小刻みに震えだすと、コンラードが激しく呻いた。

「一緒にだ、……エミルッ」

　余裕のない声だった。

　甘く掠れた声が鼓膜を愛撫すると、脳髄が熔けてしまいそうな恍惚《こうこつ》感がエミルを眩ませた。四肢の力が抜けた途端に、下腹部から強烈な絶頂感が上ってくる。慣れない刺激が恐怖と混乱を巻き込みながら、エミルの中を掻き毟っていった。

「は……ぁ――――……！」

「クッ…――――ッ」

　コンラードの手の中で精を吐き出して、エミルは糸が切れたようにガクンと胸に倒れた。

　一方の彼もエミルの手の中で達して、ぐったりとしながら肩に頭を預けてくる。

「は、……はあ……ん……は……、……はあ……コンラード様……だ、大丈夫ですか？」

「ん……ああ……凄い……一緒に達したな……」

　はあ……と、気怠い吐息を零しながらも、コンラードは嬉しそうだった。

　エミルも気恥ずかしくなりながら笑みを返したが、絶頂の疲労とともに欺いていることへの罪悪感を思い出して、胸がチクチクと痛みはじめた。

「流石に長風呂だな。湯も冷えた。出るとしよう」

　コンラードに言われてエミルも従った。

バスタブから出て、別の桶に用意された湯で二人は泡を流した。自分で躰を拭くと言ったが、コンラードは甲斐甲斐しく世話をして綺麗にしてくれる。おかげで丁寧すぎるくらいに拭かれてしまった。

それから裸のまま抱き上げられて、ベッドまで連れて行かれたのには困ったが、拒絶できないまま求められた。

これもすべて一人前の狼として認められるためだ。

祖先の牙を取り返せば、また穏やかな暮らしが待っている。そのためにもコンラードを味方に付けなければ——。

理由を付けて自分の行いを正当化すればするほど、エミルは胸の中がどんどん苦しくなっていた。

＊

――幼い銀狼を見つけたのは、森の木立の隙間から朗らかな光が差し込む午後のことだった。

「午後は森の草花の写生をしましょう。野草の本を忘れずに。一種一種植物を観察しながら、学んでいくのです」

十二歳のコンラードと三つ年下の弟は、家庭教師に言われスケッチブックと水彩絵の具と、そして野草の本を携えて領地内の森へと入った。

大きな湖と広大な森のある領地は兄弟の絶好の遊び場だった。よほど奥でなければ、どこにどんな植物が自生しているか、鳥の巣があるのか、魚がよく釣れるポイントまで記憶している。家庭教師も知らない兄弟だけの隠れ家があったりと、遊ぶには事欠かない。

「僕はこの先の大楠《くすのき》の近くで描きます」

弟に付き添う中年の女性教師にそう告げてコンラードは分かれると、慣れた森の中を歩いていった。

大楠の近くにはハコベの群生地があるのだ。時期的に白い花を咲かせているだろうと当たりをつけていくと、やはり正解だった。ハコベは地面を覆うようにたくさんの小さな花をつけていた。大きく広げた楠の枝の隙間から光を受けて、花がきらきらと輝いて見える。

コンラードは楠の太い根に腰掛けて、スケッチブックを開いた。

絵は得意なほうではないけれど、森の静寂に包まれながら植物と向き合う時間は好きだ。たちまち作業に夢中になっていくと、あるとき草葉を踏む微かな音に気が付いて、我に返った。

家庭教師が様子を見にきたのかと思ったが、音がしたのはコンラードのいる大楠の裏手からのようだ。描きかけのスケッチブックを置いて聞こえたほうへと行ってみると、大きく隆起した根の陰に隠れるようにして、銀色をした小さな狼が横たわっているのを見つけた。

「……銀狼だ」

木漏れ日に当たり銀の毛並みがキラキラと白く輝いていて、まるで淡く発光しているような不思議な姿だ。おもわず見惚れてしまったが、こちらに気付いた銀狼に歯を剝いて威嚇されコンラードは慌てはじめた。

「大丈夫。僕は君を傷つけたりしないよ」

優しく声をかけたが銀狼の警戒は凄まじく、少しでも近づこうとすれば怒気を滾《たぎ》らせて唸ってくる。

「後ろ脚を引きずっているし、血がうっすらと滲んでいる。君は怪我をしているんだろう？」

威嚇を続ける銀狼に根気よく話し続ける。幼い銀狼は左の後ろ脚をひょこひょことさせながらも、距離を作ろうと立ち上がったが、地面から大きく飛び出た大楠の根が邪魔をして逃げることができずに身を縮めているだけだ。

コンラードは敢《あ》えて近づきはせず、銀狼に語りかけた。

「銀狼は人の姿にもなれるんでしょう？　だったら僕の言葉がわかるよね？　君の傷の手当てをした

いんだ。それ以外は何もしない。本当だよ。約束する」

コンラードをじっと見つめる銀の双眸は、こちらの真意を測りかねているようだ。威嚇しながらも脅えと戸惑いを感じる。「待ってて」と、裏手に回って斜めがけのバッグと水筒を持ってきた。

「森へ行くときは必ず傷薬の軟膏《なんこう》と包帯を持ってくるんだ。この近くには野茨や野アザミがあるから、遊びに夢中になっていると、そのことを忘れてうっかり怪我をしてしまうからね。――ほら」

軟膏の小さな缶と包帯を出してみせてやると、銀狼がゆっくりと呻くのをやめていった。それでも強く警戒している空気をひしひしと感じる。しかし唸るのをやめたということは、手当てすることを許してくれたのだろうか……。

「近づいてもいい？」

おそるおそる近づくと、ヴ…、とまた低く唸られたが、すぐにも落ち着いた。コンラードは小さく安堵して、なるべく警戒させないように近づいていくと、狼の前で膝を突いた。

「これは水筒。中に水が入ってる。まずは血を流そう。少し染みるかもしれないけれど我慢して」

深い森には人狼族が棲《す》んでいることは家庭教師から時折話を聞いていた。その中には銀の毛をした者もいて、銀狼と呼ばれることも知っている。

「銀狼はとても珍しくて、幸福の象徴だと先生に教えてもらったよ。ラルドルの民が大切にしていると」

傷ついた箇所の血を水で流してやると、銀狼はビクリと脚を弾ませて小さく唸った。染みるのか、

固く目蓋を閉じている。血を流したあと、ハンカチで水気を拭いた。

「軟膏をつけるからね。おなかは空いてる？　パンは食べるかな？　人の姿になったら食べられる？」

そう言っても、銀狼は人の姿になろうとはしなかった。仕方ないと諦めて、バッグからパンとジャムの小瓶を出して鼻先に置いてやると、くんくんと鼻を動かして、そっとパンを囓った。

「ジャムを塗ってあげる。この森で採った野苺のジャムだよ。僕と弟が採ったんだ。野苺は好き？　僕は好き」

なるべく痛みに意識がいかないように話し続けながら軟膏を塗ると、銀狼が「キャン！」と甲高い声を上げて、脚を引っ込め丸くなってしまった。

「痛かったんだね、ごめんよ。でも傷によく効く薬なんだ。少しだけ染みるけど塗ったらきっとすぐによくなるよ。前に僕がこの楠から落ちて肘と膝を擦り剝いたときにつけたら、あっという間に治ってしまったんだ」

脅えさせてしまったからもう触れさせてくれないかもしれない。木の根に阻まれて銀狼は逃げられないが、強引に捕まえてしまったらきっと二度と心を開いてくれないだろう。

根気よく待つと、銀狼はそろそろと四肢の強張りを抜いていき、コンラードの前に座るとパンに塗ったばかりのジャムをぺろぺろと舐めだした。

「ありがとう！　君は優しい狼だね」

コンラードの言葉がきっと通じているのだろう。傷の手当てをしたいという気持ちも伝わっているだろうか。嬉しさのあまり銀色のその毛を撫でてみたい衝動に駆られたが、今は手当てが先だ。ぐっと我慢した。

コンラードが手を差し伸べると、銀狼は傷ついた右脚をそっと出してくれた。再び軟膏を塗りはじめるとすぐに小さな躰がビクッと強張ったが、今度は逃げようとしなかった。

軟膏を塗り終え包帯を巻いて縛れば手当ては終了だ。コンラードが手当てしている間に銀狼はパンを食べ終えて、大人しくしていた。

「――終わったよ。いい子だったね」

頭を撫でようとして手を出すと、銀狼はまどろんでいた双眸をはっと見開いて一瞬警戒を表した。しかしすぐにも大人しくなってコンラードに撫でさせてくれた。銀の毛は少し固い感触だが、とても艶やかで瑞々しい。一撫でするたび白銀に輝く毛並みに感嘆の溜め息を零した。

「ごめんよ。屋敷へ連れて行ってあげたいけれど、きっと捕まえられてしまうからできないんだ。この森は僕の庭だけど、でも貴族の領地だから、見つかればお前が怖い目に遭ってしまう」

中年の女教師は言っていた。カルヴィネ家の長子はいずれ王になるために狼狩りをしなければならない――と。けれど民は狼を愛し、銀狼を大切にしている。三大貴族は王になるために民の心を欺くのだと、それは残酷な裏切りだとコンラードにだけこっそりと教えてくれた。

森で狼に遭遇するのは相当珍しい。人狼は貴族が恐ろしいことをすると知っているから、森の深いところに隠れて生きている。見つけづらいぶんだけ狩りはとても難しくなるから、狼を見つけたら捕らえて飼おうとするに違いない。

「葉っぱを集めてここに寝床を作ってあげる。誰が見つけてしまうかわからないから、枝を折って隠しておこう。明日また食べるものを持ってくるから、安心して傷を癒やすんだよ」

わかった。と言うように、銀狼はゆっくりと瞬きをしてみせた。

コンラードはそれに安心して、すぐにも葉っぱと枝を集めて寝床を作ってやると、銀狼は葉の中に埋もれるように身を丸めた。それを折ってきたばかりの枝で隠して、コンラードは大楠を後にした。

その夜は銀狼のことばかり考えて、あまり眠れなかった。

朝早く目覚めたコンラードは散歩へ行くと執事に告げて、大楠へと走った。

屋敷を出る前に、厨房のコックに蒸し鶏を挟んだパンを作ってもらったから、きっと銀狼は喜ぶだろう。ウキウキとしながら寝床へ行くと、そこに幼い銀狼の姿はなく、うっすらと血の付いた包帯だけが残されていた。

寝床に荒らされた形跡はないから、何かに狙われたわけではないだろう。

傷によく効く軟膏だから、痛みだけでも取れて自ら出て行ったのかもしれない。

「もう一度、撫でたかったなあ……」

白銀に輝く綺麗な毛並みを。

昨日覚えた艶やかな感触を手の平に思い出して、十二歳のコンラードは独り寂しくなっていた。

＊

――エミルが来てから三日後。

アルヴィル・ライコネンの屋敷へ行く日が訪れた。

お針子を急かして作らせた衣装は、カルヴィネ家の使用人の制服だ。

コットン生地で大ぶりなフリルの襟がついたブラウスに黒のベスト。同じく黒い上着に、グレーのズボン。尻から腰のラインがはっきりとわかるような、スリムなものだ。

革靴はレースアップの黒いブーツで、履いたばかりだから固くて少し歩きづらい。とはいえ、さすが国王を輩出する三大貴族の一つだ。使用人の制服も王城のそれと並ぶほどに上等なものだった。

エミルは既に三度ライコネン家へ足を運んでいるので、使用人にも顔が知られている。そのため、前髪を左右に分けて、度のない眼鏡をかける程度の変装をすることになったが、肌の色で見破られるかもしれないとコンラードに指摘され、若いメイドから化粧品を借りてみたが、それでも彼は不安なようだ。

「お前の容貌は目立つからな」

化粧をしてくれたメイドも頷いていたが、顔の造りばかりはさすがに変えられない。

せめて髪の色くらいは、と思ったが、コンラードが敷地以外の外出を許してはくれず、魔女のところへ行くチャンスも得られなかった。

夕食を軽く済ませて屋敷を出発したのは夕暮れ時だ。二人は屋敷の前に用意された馬車に乗り込んだ。

二頭立ての家紋入りの立派な馬車だ。四人掛けの車内も美しい装飾で、天鵞絨生地のベンチも、クッションも柔らかい。これならば何時間でも座っていられそうだ。

コンラードが乗る馬車の後方からは、主人仕えの執事と使用人が乗る馬車も付いてきていた。

本来なら執事もこの馬車で一緒に乗っているはずだが、出かける直前にエミルと二人きりで、とコンラードが命令したのだった。

「ライコネン様のお屋敷へはどれくらいかかるのですか？」

車窓から夕暮れの森を眺めてエミルは尋ねた。

「二時間弱といったところか。屋敷へ着く頃には夜だな」

エミルの向かいに座るコンラードは、上着のポケットから懐中時計を出して、時刻を確かめながら答えた。

彼の姿は今夜も魅力的だった。シンプルなブラウスの襟を茶金色のネクタイが飾り、金地に銀の緻密な刺繍が施されたベスト。その上からブルーグレーの三つボタンのロングジャケットを羽織り、ライトグレーのズボンによく磨き上げられたレースアップのブーツ。そして杖だ。銀製の持ち手には狼の駆ける姿が刻印されていて、必ずや銀狼を見つけるという彼の固い決意に見えた。

いつもはラフに垂らした前髪を、今夜は後ろに撫で付けているせいで、凛々しい眉も睫毛の一本一本までもわかる。

髪を上げた彼はキリリとして知性的な色気があった。湯浴みのときに見た濡れ髪姿は瑞々しくて、野性味のある色気を感じたが、衣装で印象は随分と変わるものだ。

しかし硝子窓越しに映る彼の横顔が少し強張っているように見えて、エミルは振り返った。

「緊張されているのですか？」

強張っているどころか、随分と疲れているようだ。

「緊張か……どうだろうな。彼らに会うこと自体は気の張るものではないが、そろそろ王を決めるための儀式がはじまる。そうなれば彼らは幼馴染みからライバルになるからな。時には命を懸けて戦わねばならなくなる」

「それを心配されているのですか？　……コンラード様、とても疲れた顔をされています」

確かに僅か数日の滞在でも、コンラードは夜遅くまで執務に追われ、寝室のベッドへ戻るまで休む暇がないようだった。

この数日間で肌を合わせたのは湯浴みの日のあれっきりで、その間エミルは広大な敷地の庭を散歩したり、使用人に混じり手伝いをしたりと気儘で、うっかりチャームを出してしまうこともなく穏やかに過ごした。

昼間、時折見かけるコンラードは数名の使用人を連れて、どこかへと頻繁に出かけていた。

眠る前に本人に聞いても話してはくれないし、屋敷の中には戦士のような屈強な男たちをちらほら見かけるようになり、武器がどうとか物騒な話も耳にした。それを他の使用人に聞いても曖昧に濁されて結局理由はわからなかったが、ただならぬ雰囲気はひしひしと感じていた。

「オルヴァの家はここ数代王が出ていないから、パーシオも焦っているだろう。一族からのプレッシャーもあるだろうし、あれは戦好きだから何をするかわからない。たとえ幼馴染みでもな」

　コンラードは睫毛を伏せて、吐息を零した。

「アルヴィルは愛人として散々甘い汁を吸ってきたのだ。今更落ち着くことはできまい。何かしら企《たくら》んでいるのは確実だ。——それに比べて私は手札が何もない」

　彼は肩を竦めて、微苦笑した。

　エミルは返す言葉に困り、同じように眉を下げる。

「悪く言えば手札はないが、しかし良く言えば自由にできるということだ。先代王は我が一族から出たからな、パーシオほどのプレッシャーもないし、そういう意味では気楽なほうだ」

「それでもコンラード様は王になりたいのですか？　なりたいと思うから儀式に加わるのですよね？　いくら一族で決められていることとはいえ、嫌ならば拒否することもできるのでしょう？」

　できることならば、コンラードには狼狩りへ加わってほしくなかった。真摯な彼を敵にしたくない。

「そうだな……嫌ならばそれもできるだろう」

「はい。もしコンラード様が幼馴染みのお二人と争いたくなければ、やめることもできるでしょう」

「そうだな」

コンラードは穏やかに頷くと、言葉を続けた。

「――だが私も王となり、やりたいことがあるのだ」

杖のグリップを握り締めて、コンラードは固い口調で言った。

「エミル、お前が心配してくれるのは、とても嬉しい。事実二人を敵にするのはつらいことだ。だが、儀式が終わればそれもなくなる。パーシオもアルヴィルも再び幼馴染みへ戻るだろう。命を失っていなければ、だが」

「……、……それでは」

コンラードはエミルの仇《かたき》になってしまう。

貴族は人狼族を殺める災禍だ。国の王が誰になろうと人狼族には関係のないことだし、誰が王になろうと一族が傷つくことには変わりない。

なにより、コンラードが命を落とす危険もあるということではないか。幼馴染み二人が彼を陥《おとしい》れないという保証はない。悪い想像をして、うなじの辺りがざわざわとした。膝の腕に置いた手を拳に変えながら、エミルは険しい顔つきになる。

「どうしたエミル」

言葉を詰まらせたエミルを、コンラードが心配していた。

「すみません……何でもないんです。コンラード様が傷つくのでは、と思ったら、急に何も言えなくなってしまって……」

「お前が気に病むことではないのだ。寧ろ今夜心配しなければならないのは、エミル、お前のほうではないか？」

「え……？　あ……ああ、はい」

　確かにその通りだ。

　アルヴィル家の宝物庫の鍵は一度開けているが、あれから変えられている可能性が高いし、警備も増えただろう。

　仮にあのままの鍵だったとして、コンラードの屋敷では一度も練習できずじまいだから、簡単に開けられるとも思えない。また失敗の可能性しかないが、屋敷へ行かなければ牙には辿り着けないし、先のことをあれやこれや考えると気持ちが沈んでいってしまう。

　危機感こそあれど乗り越えようとする根性が足りていない気がするのは、銀狼は稀少だからと、村でぬくぬく大事に育てられたせいだ。だからいつまで経《た》っても牙を取り返せないのか……。

「エミル。今にも卒倒しそうな顔をしているぞ」

　絶望を読まれてしまい、焦った。

「す、すみませんっ。自分のことを改めて考えたら、本当に心配になってきてしまって……」

「最大の悩みどころは宝物庫の鍵を無事開けられるかどうか、というところだな」

「うっ」と短く呻いたエミルに、コンラードが肩を震わせた。

もしかして考えることが顔に浮き出ているのだろうか……。

コンラードには考えていることを何度か見破られている気がして、急に不安になってしまった。

それだけ推理力に長《た》けているということだろうが、エミルには彼が何を考えているのかなんて、ちっともわからないのに不平等な話だ。

「まあ、お前がどれだけ不安になろうと、私は助ける気などないがな」

そう言いつつも、少しは心配してくれているから話題を振ったのだろう。すべてはエミル自身の問題なのだから、彼のその優しさだけで十分だ。

「わかっています。連れて行って頂けるだけでもありがたいですから」

「騒ぎにならなければいいが。――しかしまた宝物庫を狙う気か？　敢えて、また」

直球で訊かれると、返事がしづらい。念まで押されて、エミルはぎこちなく視線を逸らした。

「ふむ。言うわけがないか。――まあいい」

気のない顔をして、彼は夕暮れの車窓へと視線を移す。自然と沈黙ができて轍《わだち》を踏む音が車内に響く。王城へと続く、長い長い林の一本道だ。

「しかし妙だな。前の騒ぎのとき、アルヴィルに慌てた様子は見られなかったが……」

「……え？」

自ら沈黙を遮ったコンラードに、エミルが小さく目を見開いた。

「なんだ。私の独り言が気になるのか？」

「……いえ。そういうわけでは……っ。き、急に仰るから……」

たどたどしく誤魔化したが、しかし今の言葉は引っかかった。

王から頂戴した銀狼の牙だ。アルヴィルにとって重要な宝ではないのか？

「……宝物庫の鍵は破れないと思ったのでは？」

窓の外へと視線を向けながら、エミルはぽつりと零した。

宝物庫の鍵は豪奢《ごうしゃ》な装飾が施された立派なものだった。装飾ばかりが派手で、鍵自体はとりわけ難しい作りではなかったが。

「なるほど。私はてっきり別の場所にしまっているのかと思ったが、そういうことか」

「――別の、場所？」

エミルは戸惑った。他に隠し場所があるというのか？

「やはり私の独り言が気になるのか？」

既に会話しているのに、敢えて独り言で通す気か。

彼なりの優しさなのか、茶目っ気なのか、しかし乗らない手はない。

「いいえ。俺はコンラード様の独り言が聞こえたから繰り返しただけです。急に別の場所だなんて、どういうことでしょう」

「ふむ。時間を持て余しているせいなのか、つい声が出てしまうな。あれは昔から大切なものはベッドの下へ隠す癖がある。小さなものに限って、だが。鍵付きのトランクケースがあるのだ」

「そんな、まさか……」

エミルはさすがに苦笑した。

王の宝だったものを、そんな安易なところに隠すはずがないだろう。にわかに信じられず眉を顰めたが、車窓を見ているコンラードの視線はいたって真摯で、エミルをからかって冗談を言っているわけではないようだった。

「使用人に盗まれでもしたらどうするんですか」

「トランクケースの中には元来開けたところで大したものは入っていないのだ。私も子供の頃に一度だけ見せてもらったことがあるが、包み紙だの綺麗な小石だの、他人から見ればガラクタだがアルヴィルにとっては価値のあるものばかり。売ったところで小金にもならない。使用人たちもそれを知っているから触らないし、大貴族の子供がと呆れている。鍵とて玩具のようなものだしな」

「皆が触らないと知っているから、わざとそんなところに……？」

「アルヴィルならするだろうな、という話だ。あれは利己的で浅薄だが、悪知恵も働く」

「幼馴染みなのに手厳しいのですね……」

彼が時折覗かせる冷静な言葉が少し怖くなる。

エミルに情報を流すということは、何かしらの目論見《もくろみ》があるのではないかと疑わざるを得ない。

「――儀式がはじまればライバルだ。弱点を知っておいて悪いことはない」

「……その儀式はいつはじまるのですか？」

はっきりとしないその日を問いかけると、コンラードはかぶりを振った。

「さあな。今夜か、明日か明後日《あさって》か。それとも一ヶ月後か。現王が王権放棄の書に署名したときから儀式ははじまる。城の鐘を鳴らして報《しら》せるのだ。――あるだろう、城内に古い教会が」

「はい。鐘塔があります。ですが、あの鐘が鳴らされたところを一度も見たことがありません」

「あれは現王が王権放棄した際と、次期王が決まったときのみ鳴らされるからな。つまり滅多に聞けるものではないのだ」

「コンラード様は鐘の音を聞いたことがあるのですか？」

「いいや。ない。王候補は独身でなければならないからな。その頃はまだ父も独り身だ」

「あ……王様はこの国と結婚すると、以前に教えて頂きましたね」

浴室で二人、湯に浸りながら彼が教えてくれていたのを思い出して、エミルの頬に気恥ずかしさが蘇った。

「貴族は長寿で、王の統治期間も当然長くなる。現王も百年をゆうに超えているからな。鐘の音は父曰《いわ》く国中に響く音だと言っていたが、しかし王が統治を退く報せなど、けっしてよい音色ではないだろう」

「ですが次期王が決まれば、民はきっと喜びますよ。聡明な方ならば尚更に」

「聡明か。ここは小国とはいえ、長い歴史のある国だ。ラルドルが選ぶ伴侶であれば、民が望まずとも聡明な者に決まるのかもしれないな。そうあってほしいものだが……」

先ほどまでの愉しげな様子から、またふと顔に暗い影が落ちた。

「少なくとも今日の夜会に聡明な者など一人もいないだろう」

「それは……」

帳《とばり》の落ちた窓の向こうを見つめるコンラードの横顔には、訊くなと言う拒絶の色が見えてしまい、エミルは最後まで言葉を続けられなかった。

『じきお屋敷です』と、手綱を握る馭者《ぎょしゃ》が小窓を叩いた。

「わかった」と、コンラードは返事をして山高帽を持った。エミルも緊張して顔が強張る。

「エミル」

「は、はいっ」

急に声をかけられて、小さく肩が弾んだ。

「もしお前の人生を左右するという大事なものが手に入ったとしても、絶対に逃げるな」

「え…？」

「堂々としていろ。そして私とともに再びこの馬車で帰るのだ。——いいな？」

「それは……なぜそんなことを言われるのですか？」

「決まっている。お前が逃げれば、私の使用人が一人消えたとアルヴィルとパーシオに疑われてしまうからだ。お前が何を探しているのかは訊かないが、私に嫌疑がかかれば、いずれお前に目を向けられる可能性もある」

「でも……ライコネン様が盗まれたと気付かれたら」

「勿論私は白を切る。そのとき疑われるのは私を含めて屋敷にいた全員だ。だがお前が逃げれば、嫌疑の対象が一気に減ってしまうだろう。違うか？」

「いえ……仰る通りです。ですが……屋敷を出るときまで堂々としていられる自信がありません」

うっかりチャームまで出してしまったら、余計騒ぎを大きくしてしまいそうだし、不安要素しかない。すべてを捨てて逃げ出してしまいたいのは、臆病なエミルの性格がそうさせるのだが、コンラードの言う通りでもあるし、連れてきてもらった以上迷惑をかけることも気が引ける。

馬車が減速して、窓の向こうに灯りが見えてきた。ランタンの灯りだろうか、従者が屋敷へと誘導しているのが見える。

「なぜ、コンラード様はそこまでよくしてくださるのですか？　俺が逃げたら、俺のせいにすればいいだけのことでしょう……？」

「勘違いするな。すべて私の保身だ。お前が逃げれば私が言い訳できなくなるだけのこと。しかしお前が逃げたそのときは、テオドールのフットマンだと打ち明けることになるがな」

「それは困りますっ。テオドールさんに迷惑をかけることはできません」

「だったら約束だ、エミル。必ず私の元へ帰ってくること。――いいな」

「……はい」

「それに銀狼の居場所を教えてもらう約束があることを忘れるな」

「う…」

「その反応。さては忘れていたな」

「わ、忘れてませんっ」

ちくりと睨んできたコンラードに言い返したが、自分でも呆れるほど焦った反応を見せてしまい、これでは疑われても仕方がないとばつが悪くなった。ライコネン家の屋敷来たさに、コンラードを欺いてしまった罪悪感で今更ながら息苦しくなる。

牙を取り返せば再び彼と逢《あ》うこともないだろう。しかしそう簡単に割り切れるのだろうか。

エミルの躰には彼の愛撫が刻まれて、時折肌を疼かせるようになっていた。


アプローチで馬車が停車すると、屋敷の前で若いボーイがドアを開けた。

エミルのあとにコンラードが続いて馬車から降りると、後方から執事たちの乗る馬車が到着した。

「オルヴォ様は先にいらっしゃっております」

アルヴィル家の屋敷執事が一礼して、コンラードを案内する。顔を見られることを恐れたエミルは、コンラードの陰に隠れながら俯きがちに追いかけた。

「どれくらい前に来た」

「一時間ほど前でしょうか。応接間でアルヴィル様とカードに興じておられます」

「またカードか、やれやれ……」

ぼやくコンラードとともに応接間へ案内されると、若い青年二人が振り返った。

「やあ、相変わらずの遅刻だな、コンラード」

ワイングラスを軽く上げたのは、屋敷の主人アルヴィル・ライコネンだった。

大ぶりなレースがついたブラウスをだらしなく着た彼は、足の細さが強調された黒いズボンに裸足という姿で、実にだらしない。その姿も三人掛けの長椅子に脚を投げ出し凭れて、手にはカードとワイングラスという怠惰の象徴のような有様だ。城で見かける病的な白さの男は、アルコールのせいで目元をほんのり火照らせていた。

「またカードかい。好きだね、君たちも」

呆れ顔のコンラードが帽子を取り、上着を脱いだ。エミルが動こうとしたのを制して、彼の執事が受け取り、ともに来た使用人に手渡した。

「言っておくが俺は好きなわけじゃない。嫌だと言っても、こいつが我が儘を言うのだ。だから付き合ってやってる」

パーシオ・オルヴォが不機嫌なのは、ゲームに負けているからだろうか。黒地のフロックコートは褐色と銀の細やかな刺繍が施され、黒いズボンにレースアップのブーツ。全体的に黒い姿に日焼けした健康的な肌は威圧感がある。顔立ちも少し攻撃的だ。

彼らがコンラードのライバルなのか……と、改めて思い、エミルはそっと溜め息を零した。

良家の育ちだからお坊ちゃま、というわけではなさそうだ。三人の中で最も品良く見えるコンラードは、肘掛け椅子に腰を下ろして長い脚を組んだ。

「ゲームはいいが、時期も時期だ。本題に入りたい」

「来て早々かい？　まだ君の元へグラスも届いていないというのに」

アルヴィルが肩を竦める前で、メイドたちが次々と皿を運んできた。三人が囲むローテーブルはすぐにも様々な料理で埋め尽くされて、いい香りが応接間に漂う。

「俺はコンラードに賛成だ。お前とのゲームはつまらん」

「それはパーシオが負けっぱなしだからだ」

「どうせ、いかさましているのだろう。下らなすぎて付き合いきれないだけだ」

「私がいかさまをしているという証拠は？　適当なことを言うな」

「そうやって開き直れば、この俺が面倒臭くなって折れると思っているだろう」

「面倒じゃなくて証拠がないから、結局諦めるだけだろう」

「いい加減にしろ、二人とも。子供の口喧嘩《げんか》か」

仲裁に入ったコンラードの不機嫌な声を聞きながら、退出するメイドに混じりエミルも応接間を出た。

　メイドたちに気付かれる前に別室へ潜り込んで、人がいなくなるのを待つ。その間に主人の寝室がどこにあったか記憶をたぐり寄せ、隙を見て部屋を飛び出した。

宝物庫の所在を調べるのに、以前屋敷中を巡ったことがある。主人の寝室は確か二階の奥だ。足音を消しながら階段を駆け上がり、使用人の気配から逃れながら目的の寝室へ入ると、緊張の糸が切れてどっと疲労が押し寄せた。

応接室からここまでの間、ちゃんと息をしていたのか記憶がない。緊張が解けるとあまりの苦しさにぜいぜいと息が切れ、心臓が弾けそうなくらいにばくばくと早鐘を打っていた。

こめかみから伝う汗を手の甲で拭い、カラカラの喉で唾を飲み込む。

部屋に灯りはなく暗いが、人狼のエミルには窓から差し込む月光で十分よく見える。

高い天井の寝室には、壁一面を覆い尽くさんばかりの巨大絵画が飾られていた。鮮やかな花々が咲き誇るなか裸の男女が所かまわず交わっている絵だ。ベッドは奔放な男女たちの睦《むつ》み合いに相応しいような、赤い天蓋布に囲まれていて全体的に淫靡《いんび》な雰囲気があった。

コンラードの話が本当ならば、ベッドの下にトランクケースがあるはずだ。

足下に置かれたカウチソファをどかして隙間を覗き込むと、古い小さなケースが一つ置いてあるのが見えた。

「本当にあった……」

話をする彼の表情に嘘は見えなかったが、しかし信じられない気持ちのほうが強かったのだ。驚きながらケースを引き寄せてベッドの下から出すと、小さいながらもしっかりと鍵がかかっていた。

しかし宝物庫の鍵と比べれば玩具も同然だ。出かける前にメイドから貰ったヘアピンを使い、鍵穴を少し弄ると、カチ、と微かな音を立てて鍵が開かれた。

中はコンラードが言っていた通り、菓子の包み紙や雑誌の切り抜きなどで埋め尽くされている。がさがさと奥まで探ってみると、箱の中で、カツ、と何かがぶつかった音を立てて存在を報せてきた。指の先がそれを探り当てると、チェーンに繋がれた銀製の牙が出てきた。

「あった……！」

紛れもなく銀狼の牙だった。銀狼は毛も牙もすべてが銀でできている。

貴重で価値のある存在だから、幸福の象徴と呼ばれるのだと両親はエミルに教えてくれた。そして祖父の牙が漸くエミルの元へと訪れたことに感極まって、胸の中で強く握り締めながら溢れそうな涙を必死に堪えた。

「おじいちゃん、やっとみんなの元へ返してあげられるよ」

ひんやりとした牙が手の中で少しずつぬくもりを纏っていく。祖父も喜んでくれているようだ。それがエミルには嬉しい。これで一族から一人前だと認められる。

落とさないように牙を首から提《さ》げて襟の中へ入れると、トランクケースの鍵を掛けて再びベッドの下へと隠した。

これで暫くは泥棒が入ったと気付かれないだろう。最後にカウチソファを戻して、エミルは寝室を出た。牙は無事手に入ったから、このまま逃げることもできる。しかし城にいるテオドールのことを考えると、ここはコンラードの案に従うべきだろうと考えて、応接間へと向かった。

タイミングよくメイドが応接間へと入るところだった。何食わぬ顔で後ろについて中へ入ると、三人の青年はまだ同じ場所で、様々な表情をしている。場の空気はよくないようだ。

今夜がどういう趣旨の会なのかエミルは聞いていなかった。

現王の王権放棄を報せる鐘がいつ何時鳴るかもわからない状況だ。コンラード曰く、腹の探り合いのようだから安穏とした会というわけではないのだろう。

カルヴィネ家執事の隣へそっと並んだエミルを、コンラードが一瞥《いちべつ》した。

彼の横顔にうっすらと安堵の色が見えて、なぜかエミルまでほっとする。

無事手に入れられたことの礼もできるし、コンラードやテオドールに迷惑をかけずに済みそうだ。

しかし、このままでは銀狼の居場所を言わなければならなくなってしまう。

(どうしよう……)と、エミルが悩みはじめると、アルヴィルが退屈そうな声を上げた。

「ねえ、いつまで沈黙している気？　私へのハンデがそんなに気に入らないの？」

「気に入らないも何も、なぜお前にだけハンデが必要かという話だ。不公平だろう」

すぐにもパーシオが噛みついて、ワイン瓶を呷《あお》る。

「パーシオは狩りが得意で、六つも年上だ。経験が違う。それに私は力がないから、生け捕りなんて器用なことは無理だって話。いいじゃないか、それくらい。どうせ狩りが有利になるような手を幾つも隠しているんだろう」

「いかさまゲームしかしないお前と一緒にするな。俺は狩りにいかさまなどしない。もしいかさまをする気なら、初めから魔女を捕まえたことは秘密にしている。やるなら正々堂々だ」

「ではなぜこの場に魔女を連れてこなかった。お前の口からでは、信憑《しんぴょう》性のある情報かどうかもわからないではないか」

「魔女が何をするかわからないからな。下手に連れ回して魔術など使われたら困る」

「さて、どうだかね」

「アルヴィル、このへそ曲がりめ。お前は自分が有利になることばかり言って、魔女を探すこともしなかったくせに。性根の腐ったお前が王座を得たら、この国も終わりだ！」

「お前だって、王になったら狩りしたさに隣国へ喧嘩を売る気だろう。思い上がりも甚だしいよ！」

「アルヴィル、パーシオ。言い争いは無駄な時間だ。いい加減にしてくれ」

口喧嘩をしはじめた幼馴染み二人に、コンラードは出会ってから一番大きな溜め息を落とした。

「――話を続けよう。あくまでも冷静に」

一際冷静なコンラードが脚を組み直して、肘置きに手を置いた。

「パーシオ、魔女が見つかったのだな」

「ああ。漸くだ。おかげで人狼族の集落の位置がわかった」

「――っ」

ぞく、と、エミルの背中に悪寒が走った。

顔が強張り、急に鼓動が早くなる。自身を落ち着かせようと拳を握りながら、浅く乱れそうになる呼吸を必死に耐えているが、彼らはそれに気付いていない。

　パーシオは上着の内ポケットから紙を出して、テーブルの真ん中で広げてみせると、二人が前のめりになった。

　エミルからは見えないが、村の場所を示す地図だろうか。

「……、……っ」

　喉の奥から溢れ出てきそうな呻きを、エミルは必死に耐えた。

「随分と森の深いところにあるな」

　コンラードは言った。

「当然だ。狼は我らが狩ることを知っている。王都の情報が入っていれば、王が危篤ということも知っているはず。きっと警戒しているぞ」

　パーシオが愉しげに言い、アルヴィルが軽蔑したように目を細めた。

「王を決めるための狼狩り自体にルールはないが、我ら三貴族が遺恨なく終えるためにも最低限の規定は必要だ」

「わかっているさ。しかし、生け捕りは長年守られている厳格なルールだ」

　パーシオは言い、続ける。

「狩りは一番多くの狼を生け捕りにした者が王となる。例外として、一匹でも銀狼を捕らえた者は頭数に拘《かか》わらず勝者に決定とする。殺さず生け捕りだ。経験不足や非力を理由にして、ルールを曲げてはならん」

「それは私もパーシオに賛成だ。一時の狩りのために命を奪う行為は国民の反感を買う」

　コンラードが頷いた。

「民は我らの行為を知らない。知る必要もない。そもそも生け捕りは表向きで、過去には幾頭も殺したと聞くぞ。少なくとも王はそう言っていた。当たり所が悪ければ死ぬのは当然だし、こちらとて命懸けの狩りなのだ。手加減などできるはずがない」

「その言い方は初めからルールを守る気がないように聞こえるぞ、アルヴィル。不誠実だ」

　コンラードがかぶりを振ると、アルヴィルが煙たそうに天を仰いだ。

「――ああ、君たちは年下に対する優しさがまるでないのか。コンラード、お前までパーシオの肩を持つとは非常に残念だ」

「冷静に意見を述べたまでだ、アルヴィル」

「冷静ね」と、つまらなそうに言って、アルヴィルはワイングラスを呷った。

「しょうがない。では、譲歩しよう。――狼を見つけても殺しはしない。だが銀狼は別だ。銀狼を捕まえた者が王となるのは厳格なルールだ。私は生け捕りにする自信がないから、もし銀狼を見つけた暁には生け捕りなどと悠長なことはせず確実に仕留める。そのときは銀毛の皮を剝ぐか、牙を取ってこよう」

　――牙。

病的に白い顔が残忍に歪むアルヴィルに、エミルは洩れそうな悲鳴を喉の奥で堰き止めていた。

脚が震えて、気を抜いたら倒れそうだ。

彼はエミルを殺す話をしているのだ。

皮を剝がされ、牙を取られて、王になるための勲章にされてしまう。

コンラードが熱心に銀狼を探している理由が漸くわかった。

コンラードは自身が王になるための切り札として銀狼を探していたのだ。わざわざ朝から城にまで足を運んでエミルを探すほどの熱心さを思えば納得がいく。

幾度となく褒めてくれたのも、銀狼の情報欲しさに持ち上げてくれただけのこと。

どんなに白を切っても、彼はきっとエミルが何か知っていると踏んでいたのかもしれない。エミルはエミルでこの屋敷へ来ることに必死で、コンラードの思惑にまんまと乗っかってしまった。それに加えてアルヴィルから切り札の牙をも盗み取らせた。

（もしかして……今度はこの牙を利用する気……？）

取り返したばかりの牙を、コンラードは自身の切り札にする気なのか？

だから彼は馬車の中で逃げるなと強く言ったのだろうか？

わざわざテオドールまで引き合いに出して、逃亡しようとするエミルの選択を狭めたのか。口車に乗せられて応接間へと戻ってきたエミルは、間抜けにも彼の横顔を見て安堵してしまった。

「……っ」

一時でも彼に心を開きかけていたことが酷く愚かに思えて、自分の浅はかさに震えが走る。

いや、違う。彼の誠実さは本物だ。この数日間、彼を見てきて誰よりも王に相応しい人だと思えた。

だけど、彼とて人狼族を利用しようとする敵だ。エミルが銀狼の行方を知っていると睨んで利用しただけのこと。

すべては自身が王になるための策略――。

軽い目眩《めまい》を覚えて、足下がふらついた。

彼の執事が咄嗟に躰を支えてくれたが、エミルは何も言わずにかぶりを振って、よろよろと扉へ歩きだした。一刻も早くこの屋敷から出て、村の仲間たちに居場所を知られたことを告げなければならない。それなのに脚に力が入らず、応接間の扉までの距離がもたつく。

やはり貴族なんて信じなければよかった。

コンラードはエミルの問いに幾度となく答えてくれたが、狼狩りをするとは一度も言わなかった。

きっと反感を買うのを恐れたのだろう。誠実そうに見えて計算高い人だ。エミルに牙の在り処を教えたのも優しさだけではないのかもしれない。それに――逃げずに必ず帰ってこいと強く言ってきたのも、エミルを心配してのことではなく、彼の言う通り、保身のつもりだろうか……。

果たしてそれで真摯と言えるのか？

エミルは泣きそうになる衝動を堪えて、扉の前で固く目蓋を閉じながら歯を食い縛った。

なぜだろう。三大貴族が狼狩りをすることなど最初から知っていたのに、コンラードの口から狩りの話を聞くごとに、どんどんと醜い感情が溢れ出てくる。

この数日間、エミルは彼を信頼していた。よき王になると信じていたし、望んでいた。

愉しくて綺麗な夢ばかり見させられたせいで、恐ろしい現実を忘れていたのだろうか。

忘れたいというより、考えたくなかったのかもしれない。

とにかくこの場から逃げなければ。エミルは思った。絶望ならあとでいくらでもできるが、仲間に報せるのは一秒だって早いほうがいい。

ブレブレの気持ちが固まり、扉に手をかけたそのとき――。

遠くで重たく響く鐘の音を聞いた。

夜の帳を震わせ、応接間を黙らせたその重厚な音色に、皆の顔が強張る。

「鐘が鳴った。――王が降りたぞ」

パーシオが言い、ワイン瓶片手に席を立った。

「狩りのはじまりだ。さあ、我らの時代が来るよ」

アルヴィルが密やかに笑う。

「皆、ルールは厳守だ。人狼族は誰一人として殺すな」

「一頭の間違いだろ」

コンラードの言葉にパーシオが冷ややかに鼻で嗤う。コンラードはその言葉に言い返すでもなく席を立つと、扉の前のエミルと目が合った。

彼が人狼族の敵だとしても、その蒼い瞳は誠実さで澄んでいた。

エミルが銀狼ではなく人間だとしたら、彼を心から慕い信じることができたのだろう。もし王に決まったとしても、心から喜んでいた。

それができないのはエミルが銀狼だからだ。結局相容《い》れない存在だから。

また涙が溢れそうな気配に拳を握り締めると、彼に向かって小さく笑ってみせた。


さようなら。


声もなく呟くと、応接室から飛び出した。

「――エミルッ」

コンラードの呼び止める声を背中で聞いたが、エミルはけっして振り返ることなく走り続けていた。


使用人たちに怪訝な顔をされながら屋敷を飛び出して、夜の裏庭を全速力で抜けていく。途中、草や木の根が足を掬って、幾度か転びかけて苛立った。

すぐにでも狼の姿へ変化したかったが、誰に見られるかわからない。気は急くが、まだ人の姿でいたほうがよさそうだ。

目立つような飛び出し方をしてしまった。呼び止めるコンラードの姿に、アルヴィルとパーシオの二人もただならぬ空気を感じ取ってしまっただろう。

しかも応接間から出るタイミングで鐘が鳴るなんて、見るからに怪しい行動を取ってしまった。あの状況で人狼と結びつけないほうがおかしい。既に追っ手が来ているかもしれない。もしそうならば、一刻も早くライコネン家の領地から出て、森深くにある故郷の村へ行かなければならなかった。

気持ちは酷く焦っているが、ハーブ園を抜けるまでの辛抱だ。その先には夜の森が広がっている。暗い森へ入りさえすれば、いくらでも狼の姿で駆けることができる。たとえ月の明かりに銀の毛が光ろうと、追っ手よりも速く走れる自信がエミルにはあった。

あと少しで森へ入るというところで、ローズマリーの群生地を見つけた。

コンラードと出会ったのは五日前のことだ。今思い出すと、彼はあのときだけは銀狼など関係なしに、エミルを逃がしてくれたし、追い詰められて脅えているエミルを怖がらせないように優しく接してくれていた気がする。

「――……っ」

コンラードのことを思い出すと、無性に胸が苦しくなるから嫌だった。

信じていたい気持ちと、信じてはいけない気持ちと、裏切られたことへの憤りと、それでも優しくて真摯な彼の姿と。それらが頭の中でぐちゃぐちゃと混ざり合い、エミルにのしかかってくる。

彼だけは大丈夫――なんて、思うつもりはないし、初めからそんなことを思えるだけの根拠がない。

誠実だと感じたのは本当の気持ちだけど、そうだという確証はない。

そもそも彼は人間で、エミルとは違う。彼は狩る者だ。そしてエミルは逃げる者だ。生まれたときからこの関係は決まっているのに、不用意に近づいてしまったせいで妙な情が湧いてしまったのかもしれない。

そうだ。制御できない能力のせいとはいえ、肌を合わせてしまったのだから当然だ。

エミルにとって、誰かと触れ合うことも初めてだったし、それが魅力的な人だったら惹かれないはずがない。

コンラードは素敵な人だ。少し強引だけど無邪気で、表情豊かだし、少しだけ天然で、それが妙に愛《いと》おしく感じてしまう。誰にも分け隔てないし、何より彼の存在が凛々しくて美しい。

それは容姿だけでなく心もだ。

心も――。

エミルは胸の内で繰り返した。

彼の心はいつも清廉としていて、一片の疚しさも感じさせなかった。応接間の話し合いでも人狼族に対する態度は、最後まで敬意を払ってくれていたように思う。

――でも。でも違う。

魅力的な容姿や真摯な態度が、彼のイメージを狂わせる。たとえ敬意を払ってくれていても、彼は狩りを辞退することなく加わろうとしている以上、エミルや人狼族の敵だ。

——敵。

そう思うと、また胸が苦しくなってきて、目頭が刺すように熱くなってきた。

うっすらと涙の気配を感じて、眼鏡を捨てて袖で拭った。泣くことなんて何もないのに不思議だ。

はじめから牙を取り返すことだけが目的だったのだから、これでいい。

もう一度涙を拭い、エミルは上着を脱ぎ捨てた。仕立てのいい衣装だったけれど、もう袖を通すこともないだろう。

ローズマリーの群生地はとうに離れて、目の前には森が広がっていた。

エミルはシャツのボタンを力任せに外して、夜の闇が広がる森の中へ飛び込むと、狼へと姿を変えて更に速度を上げる。

「銀狼だ！」

「銀狼がいたぞ！」

男たちの声がハーブ園のほうから次々と聞こえてきた。

やはり追っ手が来ていたか。人の脚ではそう距離を作れず、銀色に輝く姿を見られてしまった。しかし森ならば追っ手を撒《ま》く自信があるエミルにとっては、ここからが挽回《ばんかい》する時間だ。

狼の姿になってすぐにズボンもブーツも脱げていった。祖父の牙を首から提げていて本当によかった。今はそれがお守りのように感じられて、気持ちを強く持っていられる。

「いた！　こっちだ！」

馬のいななきとともに男の声がして、枝を掠め草を踏みしめる音が後方から幾つも聞こえてくる。人の脚では追いつけないと判断して、馬を出してきたようだ。馬が夜の森に強いのかエミルは知らないが、あの大きな躰よりは狼のほうが動きやすいはずだ。とはいえ、追っ手が馬に乗っていると気付くと、気持ちに焦りが出てきた。

エミルの躰は夜でも少しの月明かりがあれば銀に輝く。夜目が利かなくても、闇夜の中でも絶好の目印になる。

ヒュッと、か細い音を立てて何かが脇を抜けていった。

草に混じって見えた白い矢羽に、ぞっとした。更に立て続けに風を射る矢の音がして、エミルは叫びたい気持ちを堪えて必死に走る。

もっと早く。もっと早く。この姿では目立ってしまうから、大きな木のあるところを通って隠れながら馬を撒こう。馬と狼はどちらが嗅覚に優れているのだろうか。彼らが狼を嫌うことは知っているけれど、それ以外はよくわからない。でも今日馬車に乗ってみて、二時間以上は走れることを知った。長引かせたらエミルのほうが先にバテてしまうかもしれない。その前に巧く撒いて、村へと行く必要がある。

必死に考えて目標が定まると、エミルは駆けながら森の中の木々を凝視して、今いる位置を把握した。もう少し先へ行けば倒木の多い湿地帯が出てくる。そこまで行けば逃げられる可能性はある。

不安でたまらない気持ちを叱咤しながら、記憶の通り湿地帯へと出た。倒木を素早く飛び越えて、追っ手が来る前に木立の中へと紛れていく。

「見失った！　そっちは！」

「こっちじゃない！」

「追え！　道は険しい。まだ近くにいるはずだ！」

パーシオの怒声だ。兵士を待機させていたのだろうか。もう追いつかれてしまったなんてショックだった。パーシオは狩りが得意だとコンラードが言っていたが、その通りだ。しかも彼は村の位置を知っている。

急げ！　急げ！　エミルは涙が溢れてくるのを堪えながら全速力で走り続けた。

幾度か細枝に脚を叩かれて、ピリッと熱い痛みが刺したが見ている余裕などない。木の根に前脚を取られて、頭から転んでも痛みに耐えた。わざと背の低い木々の下をくぐり抜け、岩や石だらけの小川を飛び越える。

延々と続く木立の隙間を長い時間走り続けて、ふと闇の中に小さな灯りを見つけたとき、我慢しきれずに涙が溢れていた。漸く生まれ故郷の村へと戻ってこられた。それだけで気持ちは大きく安堵して、緊張が途切れそうだ。

（駄目だ！）とエミルは強く叱咤して、村へと辿り着くと家の扉を叩いた。

「母さん！　父さん！」

「エミル！　帰ってきたのね！　――まあ！」

母が嬉しそうな声で出てくると、一糸纏わぬ姿のエミルに驚きながらショールを貸してくれた。

「狩りがはじまった！　追っ手が来ているから早く逃げて！」

近くの家にも聞こえるようにエミルが叫ぶと、次々と扉が開いて村人たちが出てきた。

「追っ手を連れてきたのか！」と、向かいに棲む老人が怒った。

「撒いたけどわからない。だけど魔女が捕まって村の位置を知られているんだ！　さっき狩りのはじまりを報せる鐘が鳴ったから、貴族が馬でこっちに向かっている！　とにかく早く！　早く、逃げて！」

エミルの訴えに村人たちが一斉に焦りはじめた。取る物も取りあえず家を飛び出して、夜の森へと蜘蛛《くも》の子を散らすように逃げていく。

「母さんも！　父さんも！　早く！」

母の手を取り走り出すと、行く方向に馬のいななきが聞こえて村人たちの悲鳴が次々と上がった。

「こっち！」

踵を返して村を突っ切ろうとしたが、家の窓から洩れる光に馬が見える。背には弓を構えた男の姿があって、母が悲鳴を上げながら父にしがみついた。

エミルは二人を脇道へと突き飛ばして、自分は目についた花鉢を掴んで投げつけた。

花鉢は馬の頭に当たり、怒った様子で前脚を上げていななく。乗っていた男が放り投げられて、ぎゃ！　と、潰れた声を上げている。その隙に両親は脇道を走り、エミルも後を追った。

夜なのは幸いだった。人間は夜目が利かないから、闇に紛れて再び森へ入れば隠れる場所はいくらでもあるはずだ。

しかし方々で村人たちの悲鳴が聞こえていた。そのたびに脚が止まりかけたが、両親が急かす。

「私たちが捕まったら命がないわ。逃げるの！」

父も母も銀狼だ。誰が捕まっても毛皮を剝がれて、牙を取られる。

応接間で見たアルヴィルの残忍な笑みを思い出して、エミルは背中が強張った。

貴族が人狼族を狩ることは、幼い頃から幾度も聞かせられてきた。恐ろしい存在だと教えられてきたのに、今日の今日まで実感に乏しかった。

けれど今、追われる身になって、初めて心から怖いと思う。

捕まったら殺される。――方々から上がる悲鳴と泣きじゃくる声に、すべてが現実だったと知らしめられる。泣きたくなくても次々と溢れてくる涙と嗚咽に息苦しくなりながら、エミルは両親とともに逃げた。

しかし刻々と追っ手の人数が増していくのがわかる。追っ手から隠れつつ三人で移動するのはあまりにも難しい。漸く森へと入る直前、エミルだけが足止めを喰らって両親が振り返った。

「エミル！」

母が叫んだ。

「俺は一人で逃げられるから、早く森へ行って！　早く！」

蹄の音が近づいてくる間に急かして、エミルは来たばかりの小道を走った。

「そっちへ行ったぞ！」

背後から声がして、すぐにも挟み撃ちに遭ってしまった。

狼になれば馬の脚の間から逃げられるだろうか？　しかし考えている余裕はない。エミルが構えた矢先に矢じりを向けられて、反射的に恐怖で脚が固まった。

射られる。そう思ったら躰が竦んで動けない。エミルが青ざめながら瞠目すると、突然背後から髪を摑まれた。

「これはこれは。――ははは！」

パーシオ・オルヴァが馬に跨がりながら、興奮した声を上げた。

容赦なく髪を引っ張られて、エミルは頭を押さえながら爪先立ちで蹌踉めく。

「――ッ、アッ」

「銀狼だ！　俺の勝ちだ！」

おお！　と、近くにいた男たちが野太い声を上げて歓喜している。

エミルは痛みに呻いた。

長時間狼の姿になっていたせいで魔女の術が解けていたようだ。そうと気付かずに村中を走り回っていたなんて、捕まえてくれと言っているようなものだ。しかもエミルを捕まえた相手が血の気の多いパーシオとは、コンラードの夢まで奪ってしまうのか。

「く…っ」

髪を引っ張られる痛みと悔しさに歯噛みして、エミルはパーシオの手に爪を立てた。肉に食い込むほど力を込めると、頭上で呻き声がしてエミルは背中を強く蹴られた。

「ぁッ……！」

エミルの躰は勢いよく地面に倒れて、額を打った。鈍い痛みに一瞬だけ目眩がする。

「こいつを捕まえろッ。生け捕りだ。あとでじっくりと皮を剝いで、牙を取ってやるからな」

馬を下りた男たちがエミルを捕まえようと一斉に集まってきた。途端、エミルは全身の毛を逆立て、一気に狼へと姿を変えて男たちの隙間を縫い、駆け抜ける。

「逃がすな！」

パーシオの怒声を聞きながら小屋の陰に隠れて人の姿へ戻ると、母のショールを頭から被り髪を隠しながら縮こまった。乱れた呼吸の音で気付かれまいと、口に手を当てながら息苦しさに耐える間も、近くを何人もの男たちが通り過ぎていく。

間近に幾つもの気配を感じて、悲鳴が洩れそうになるのを涙まじりに耐え続けた。

彼らが行ったら、すぐさま森へ飛び込もう。

どこだっていい、力が尽きるまで走りに走って、洞穴でも木の股でも、小さく身を丸めながら時が過ぎるのを待とう。見開いた銀の瞳からは次々と涙が溢れて、頬を流れていった。

男たちの気配はまだ近くにある。早く、お願い早く行って。――祈る思いでじっとし続けていると、漸く静寂が訪れてエミルは飛び出した。

「――……ッ」

飛び出した直後、目の前に立つ男のシルエットに脚が竦んだ。

駄目だ。今度こそ脚が動かない。ガクガクと震えて今にも崩れ落ちそうだ。吐息を浅く乱しながら、涙をぼろぼろ零すと、男が手を伸ばした。

「ヒッ」と、か細い悲鳴が洩れて、エミルは肩をいからせながら四肢を強張らせた。

今度こそ捕まる。だけどもう逃げる気力が残っていない。次第にぶるぶると躰が震えだすと、男の差し伸べた手が、涙に濡れたエミルの頬に優しく触れてきた。

「エミル」

その穏やかな声に、はっと目を見開いた。

「――！　こ、…コンラード様……ッ。――コンラード様……！」

男のシルエットが彼だと知ると、様々な感情がわっと溢れ出てきた。今度こそ、その場に崩れそうになって、コンラードが腰を抱いて支えてくれる。

「コンラード様っ……コンラード様……！」

繰り返し名前を呼びながら、エミルは彼にしがみついて泣きじゃくった。

彼は黙ったまま優しく髪を撫でてくれる。その手にうっとりとしたが、ふいに我に返ると強く突き飛ばしていた。

「あ、あなたも俺を狩りに来たんですねッ」

優しさに流されそうになったが、彼の目的は狩りだ。だから人狼族の村にいる。

「俺……あなた様が狩りを辞退してくれることをずっと願っていたんですッ。だけど結局は他の貴族と同じだったッ」

「エミル……」

「王になりたいがために狼を狩るなんて酷いです！　俺たち人狼族が貴族に何をしたって言うんですかッ。俺たちは深い森に隠れながら生きているだけなのにッ」

「――わかっている」

コンラードは言った。

わかっているものか。そう言いかけたが、見返した彼の誠実な色の瞳に言葉が詰まった。

「エミル、お前があのときの美しい銀狼だったのだな」

「――……っ」

再び触れようとした手から身を引いて、エミルは唇を嚙み締めた。これでもう自分が人ではないことも、銀狼であることもすべて知られてしまった。

今度こそ狩る者と逃げる者に分かれたことに、恐怖の涙とは違うものが零れてくる。

「逢えて嬉しい。一目見たときから、お前を探していた」

「探していたのは……王になるためでしょう？　俺を殺すのですか……？」

「まさか。そんなことはしない。誓って、そんなことはしない！」

「だったら、なぜ！」

「お前にもう一度逢いたかったのだ」

「……、そんなの……」

どうして。

なぜ、そんなにも優しい眼差しでエミルを見つめるのだろう。

腹が立つのに、柔らかな笑顔を目の前にすると、怒りが自然と消えていく。真実を知られた以上、どうせ捕まるのなら貴族への長年の怒りをぶつけてしまいたい。頭の片隅でそう自分をけしかけているのに、コンラードの笑顔は卑怯《ひきょう》だ。見ていると文句が言えなくなってしまう。

「コンラード！」

パーシオが蹄の音を響かせ近づいてきた。咄嗟にコンラードがエミルを庇う。

「そいつは俺が先に見つけた銀狼だ。こちらへ渡せ」

「お前が先に見つけたという証拠は？」

「俺の部下たちが証人だ。捕まえる寸前に逃げやがって、さあよこせ。ここで腱《けん》を切る」

「逃げたのならば、お前のものではないだろう。寧ろこの状況では誰のものか言わずとも明白だ」

逃げるべきか。――咄嗟に思ったが、しかしエミルはコンラードから離れたくなかった。もしまた他の誰かに捕まったら、もう逃げ切れる自信がない。それに捕まるならば、――彼がいい。

「……――」

疼くような熱い感情が胸に溢れてきて、エミルは戸惑いを覚えた。

恐怖でもなく安堵でもなくて、ただ純粋にコンラードを求めているこの気持ちはなんだろうか。しかしすぐには答えが出せずに、疼く胸を押さえた。

は！　と、パーシオが吐き捨てた。

「お前……まさか俺に勝負を挑んでいるつもりか？」

そう言うと、パーシオは弓を捨て剣を抜いた。

「強気じゃねえか、コンラード。過去にも横取りはあったそうだな。俺の父は間抜けにもお前の父に返り討ちにされたそうだが、結局勝ったのはライコネンだった」

「ああ、そうだ。ライコネンが私の父から銀狼を奪ったのだ。結局厳格なルールよりも、勝敗を決めたのは人の欲だった」

そう言い、コンラードが剣を抜いて構えた。

「エミル、離れていろ。だがけっして逃げるな。私がお前を守る。村人も必ず」

「……え？」

「何が守るだ！　狼ごときに笑わせるなッ」

殺気を帯びた剣が容赦なく振り落とされて、甲高い音を打ち鳴らしながらコンラードが受けた。

素早く剣を払ったパーシオが一歩後退するよりも先に、コンラードが腹に重たい蹴りを入れて、男が激しく咳き込む。

「コンラード、てめぇ――ッ」

よほど深く入ったのか、口から溢れるよだれを拭い、パーシオは目を充血させながら睨んだ。

「狩りは苦手だが、剣術は得意なほうだ。この日のために父に鍛えられてきたからな。ちなみに武術もだ。剣がなくても、私はお前を拳で倒せるだけの自信がある」

「随分と大口叩くじゃねえか。今まで坊ちゃん坊ちゃんしてたのは猫被ってたってことか、騙《だま》しやがって……」

「ああ、騙してきた。私は今まで王になるためにあらゆる努力をしてきたからな。――それが私の手札であり、切り札だ」

「コンラード様……」

「エミル。話はあとだ。絶対に逃げるな。逃げても私が捕まえる」

「……はい」

先ほどまで怖くて怖くて仕方がなかった心が、彼の存在にくすぐったいほど疼いていて仕方がない。決闘なんてやめて、今すぐ抱き締めてほしい。――そんなことを切に思うくらい、コンラードから目が離せないでいる。

「――まあ、いい。てめえは昔から気に食わなかった。丁度いい。ここで銀狼の代わりに仕留めてやるよ」

「ならば親子二代でオルヴォを返り討ちにしてやろう。父も喜ぶ」

「ほざけ！」

再び剣が交わり、鋭く激しい音を立てる。

脳髄を刺すような音と殺気のぶつかり合いに、エミルは脅えながら小屋の陰で再び縮こまる。

恐ろしさに見ていられない。

もしコンラードが大きな傷を負い、万が一命を落とすようなことがあったらどうしよう。乱雑に繰り返される剣のぶつかり合う音とパーシオの怒声に、悪い想像ばかりが刺激されていく。

コンラードはエミルが銀狼と知っても尚、守るために命を懸けて戦っている。それが王になるための手段だとしても、彼は人狼族を守ると言ってくれた。

信じていいのか？　――という疑問より、信じたい気持ちのほうが勝っていた。

あの誠実な蒼い瞳に絆《ほだ》されているとしてもかまわない。エミルの心はコンラードを求めて、信じると決めている。こんな強い決意は生まれて初めてだ。

（彼だから――）

コンラードだから、そう思うのか。自分の中の何かが刺激されるのだろうか。

触れ合った僅か数日間に目にした彼の様々な表情を思い出しながら、エミルは一刻も早く戦いが終わるのを願い、祖父の牙を握り締めてコンラードの勝利を強く祈った。

「エミル」

ショール越しに聞こえたコンラードの声に、エミルははっと我に返った。

涙に濡れた顔を起こすと、コンラードが疲れた顔でふわりと笑い返してくれる。

「……――っ」

その笑顔を一目見るなり、胸が一気に熱くなった。

艶やかな金髪が乱れて、汗に濡れている。なによりエミルを焦らせたのは、頬に付いた血の筋だ。

「コンラード様、頬に傷がっ」

「返り血だ。私は無傷だから安心しろ」

そう言って、彼は袖で頬の血を拭った。

「オルヴァ様は……？　お姿が見えませんが」

「ああ。私に肩を斬られて部下と逃げた。思ったより深い傷を与えてしまったからな……もう二度と狩りはできないかもしれない。それよりもお前、なんて格好をしているんだ。何か着るものを……」

コンラードが方々を見回して、生け垣に引っかかっていた男物の上着を取った。

「ショール一枚では隠すものも隠せない。まだ狩りが続いている以上、誰かがお前の躰を見る可能性がある。誰のものかわからないが、ないよりはマシだろう」

「……俺は気にしませんけど。変化しやすいから裸でいる人も村では見かけるし……」

「それでは私が困る。——その…二人きりならばともかく、ここでは理性的でいなければならない。頼むから私のためにも着てくれ」

気まずそうな顔で強引に押しつけられてしまった。

グレーの上着は村人のもののようだが、随分と大きい。きっと逃げる途中で狼の姿になったのだろう。渋々と袖を通すエミルの前で、コンラードが長い息を吐き出して、天を仰いだ。その反応に既視感を覚えて、（あっ）と密かに慌てた。

まさかチャームが洩れてしまったのだろうか？

もしかして先ほど彼の笑顔を見た途端、おもわず溢れ出てしまったかもしれない。

漸く上着を押しつけられた意味がわかって、エミルは申し訳なくなった。

「コンラード様、あの……っ」

銀狼であることを知られてしまった今、性衝動を刺激する能力を打ち明けるべきだろうか。口を開いてみたものの、言い渋るエミルに彼は何を思ったのか「すまん」と一言謝った。

「好戦的なパーシオに勝ったことで、少し気が大きくなっているのかもしれない。お前を今すぐ抱き締めたい気持ちはあるのだが、正直なところ抱き締めるだけでは終わらなそうで……これでも衝動を耐えているのだ」

そう言って呻いている。

また本能を理性で押さえ込んでいるなんて、彼は凄い。チャームを嗅いで、それができるなんてよほど強い意志を持った人だ。

抱き締めるだけで終わらなくてもいい――そう言いかけたが、ここは民家の裏だ。どこで誰が見ているかわからないような場所では、さすがに昂ぶる気持ちを抑えなければ。

気が付けば辺りはいつの間にか夜の静寂を取り戻していた。村人たちの悲鳴も蹄の音も聞こえないし、狩りが終わったのだろうか……。

「エミル」

「は、はいっ」

辺りを気にしていると、ふいに真面目な声で呼ばれてエミルは肩を弾ませた。

「私が狩りについて話さなかったことを、お前は怒っているだろう」

「……はい」

「すまなかった。しかし狩りは三貴族の秘密なのだ。仮にお前が銀狼だと知っていても、私はけっして言わなかった」

「もし俺が銀狼だと知っていたら、あなた様は俺を捕まえていましたか？」

エミルは強い眼差しで見返した。

「銀狼を探していましたよね。わざわざ朝から城へ来てまで、俺に銀狼を見たかと訊いてきた。俺が居場所を教えると嘘を吐いたら、ライコネン様のお屋敷にまで連れて行ってくれた。狩りの秘密を俺に聞かれるとわかっていてしたんですよね？　それは銀狼を捕まえて、この狩りに利用するためだったのではないのですか？」

「確かに銀狼に逢いたかった。だが利用するのが目的ではない。――ただ、逢えていたとしたら、きっと私が王になるための協力を頼んでいただろう」

「……協力なんて、そんなの言い方を変えただけだ。結局同じ意味でしょう。そんなにも王になりたいのですか……？」

「ああ。私は王になりたい」

コンラードは頷いた。

「王となって狼狩りという悪習を撤廃したいのだ」

「え…？」

予期せぬ言葉に、エミルは戸惑った。

「私は幼い頃から、人狼は神の使い、銀狼は幸福の象徴と教えられてきた。貴族は人狼を獣としか思っていないが、そうではない。民はそれを知っているというのに、三貴族は己が地位のために、お前たちを蔑《ないがし》ろにし続けている。それを私はやめさせたい」

「……そんなこと、できるのですか……？」

本当に。彼が王になったら、長年の悪夢を終わらせることができるのだろうか……？

「するのだ」

コンラードは断言した。

「私の夢を叶えられるのは、これ一度きりだ。エミル、私が王になるために、どうかお前を利用させてくれ」

「……――コンラード様……ッ」

エミルは彼の胸に飛び込んで、強く抱き締めた。

「ごめんなさいっ、俺、裏切られたと思って、あなた様を一度は疑いました。自分の中の悪い気持ちがどんどん溢れ出てきて、止められなかった……だけど……信じたい気持ちもあって、……信じたくて……っ……俺、……俺……っ」

「仕方ないだろう。私も言えないことが多すぎた。いいのだ。お前は愛おしいほどに素直だ……さあ、泣くな。まだ何もはじまってはいないぞ」

「はい……っ、……だけど、ここで出会ってから、ずっとあなた様に抱き締めてほしくて……俺、ずっと怖かったから………」

「そうか。ああ、そうだな。恐ろしい思いをさせた」

ぐすぐすと鼻を啜《すす》りながら泣くエミルを、コンラードは困った様子で見下ろしていた。しかし一向に抱き締め返してくれないのは、なぜだろう。

彼を見上げるエミルの頭上で、彼が苦笑した。

「……それ以上のことをしたくなる誘惑に、必死で耐えているのだ。私が抱き締めたら最後、きっと我を忘れる」

「あ…っ」

　まだチャームの効果が残っていたらしい。寧ろ新たに発してしまったのだろうか。

「……お前はいつもいい香りがするな。どうも私はお前の香りに弱いらしい……だが今は耐えるぞ。抱き締めるのは、皆に私の勝利を認めさせたあとだ。そのときは嫌がっても逃がさないから覚悟しろ」

「――っ……はいっ」

　餓えた目がエミルの肉欲を刺激して、たまらずぞくぞくしてしまった。

　またチャームが溢れ出てこないか心配だ。そろそろと抱き締めていた手を離すと、コンラードがぽんと頭を叩いて、歩きだした。

「さあ、行くぞ」

「あの、どこへ？」

　エミルはすぐさま後を追う。

「城だ。新たな王が立ったことを、鐘で国中に報せなければならん」

「村人はどうするのですか？　きっと捕まっています」

「私の部下が彼らを守っているはずだ。そのために手練《てだ》れたちを集めたのだからな」

　凄い。エミルは興奮に頬を赤らめて喜んだ。

「あなた様に捕まってよかった」

「喜ぶのはまだ早いぞ。パーシオやアルヴィルの部下がどこかに潜んでいるかもしれない。狩りに横取りはつきものだ。私よりも先にアルヴィルが銀狼を捕まえている可能性もあるしな。とにかく城までは気を抜くな」

「はい！」

大きく頷いたエミルの手をコンラードが摑んだ。

「お、お前を抱き締める代わりだ」

少し照れ臭そうにしながら強く手を握ってきた彼に、エミルは頬を赤らめながら満面の笑顔を返していた。


――それから数時間後、夜明けとともに新たな王の選定が完了したことを報せる鐘が、国中に高らかに響き渡った。

新たな王は艶やかな金髪の青年で、傍らには白銀の輝きを放つ若い銀狼を従えていた。

その凜々しく美しい姿に、二人の貴族を除いて誰一人不満を口にする者はおらず、寧ろ大きな慶《よろこ》びを持って国民に迎え入れられたのだった。

＊

上弦の月が照らす夜更けの庭園は、昼間の忙しなさや賑やかさを潜めて、心地のよい静寂に満ちていた。

幾種類もの薔薇が鮮やかに花をつけて月明かりに輝いている。あずまやのベンチに一人腰掛けながら花々を眺めていると、葉擦れの音が聞こえた気がしてエミルは顔を上げた。

大きく茂った木香《もっこう》薔薇の向こうに、ちらちらと小さな灯りが見えている。

守衛の人だろうか。寝間着姿を見つけられたら、なんて言い訳しようか。そんなことを思っていると、ランタンとともにコンラードが姿を現した。

「あ……コンラード様」

「ここにいたのか、エミル。また茂みに隠れているのかと思ったぞ」

出会った夜のことをからかったのだろう、コンラードはエミルを見つけた途端に安堵した様子で微苦笑を描いた。

「お休みになったのではないのですか？」

「するつもりだったが、なぜかお前がベッドにいなかった」

ゆったりとしたブラウスと濃色のズボン姿にガウンを羽織り、リラックスした姿は、ベッドへ入る前の格好だ。

「ああ、いい。座っていろ」

エミルがベンチから腰を浮かせると、すぐに止められておずおずと再び腰を下ろした。彼は大理石のテーブルにランタンを置き、エミルの隣でゆったりと足を組んだ。

連れ戻されるのかと思ったが、どうやら違うようだ。

「あの……まさか俺を探しに……？」

「今気が付いたのか？　そのまさかだ」

疲れを滲ませた美貌が一つ頷いて、エミルは焦った。

「ご、ごめんなさいっ」

コンラードが小国ラルドルの王と決まってから一ヶ月。

その間、屋敷からの引っ越し作業と、離宮へ移った前王からの膨大な引き継ぎに追われ、夜遅くまで執務室に籠もる毎日だ。しかも三ヶ月後に行われる戴冠式の準備まである。

寝室へ来るたび、碌《ろく》に会話もせず寝入ってしまうことばかりで、きっと今夜もエミルが散歩から戻るのを待たず、先に寝てしまうだろうと思っていたのだ。まさか探しにきてくれるとは予想せず、嬉しい反面、気を遣わせてしまったことに申し訳なさを覚えた。

「気にするな。――と、言いたいところだが、メイドからは先に寝室へ入ったと聞いていたぞ。夜更けにかくれんぼか？」

「一度ベッドには入ったんですが、寝室が広いせいか、なんだか落ち着かなくて……少し散歩でもしようかと……つい」

「つい、で、人狼は二階から飛び降りるものなのか？」

「え！　見ていたんですか!?」

エミルが目を丸くして驚くと、コンラードが小さく笑って呆れてみせた。

「守衛がな。寝室でお前がいないことに困惑している私の元へ、テオドールがわざわざ知らせにきたのだ。不機嫌そうな顔で、王の寝室から銀色の狼が逃げたようです。と、言われたぞ」

「う……。そ、そうでしたか」

彼に気付かれたのならまだしも、寧ろ怖い執事の耳にまで入っていたのは失敗だった。

コンラードが新王になると同時に、エミルは彼の愛人になった。――正確には、気が付くと「愛人」として扱われていた。

銀狼の愛人を持った王は歴代で初なのだという。人狼は神の使い、銀狼は幸福の象徴と呼ばれるこの国で、銀狼の愛人を持った新王は国民から大きく歓迎され、街では一ヶ月経ってもまだ祝賀ムードが続いているらしい。

正式に王と認められる戴冠式は三ヶ月後だから、そのときは国中が盛大に盛り上がることだろう。

それは人狼の村でもきっと同じで、新王はエミルとの約束通り、狼狩りを撤廃すると一族を前に宣言してくれた。未だ二大貴族には反対されているそうだが、コンラードならば必ず叶えてくれるとエミルは信じている。

「銀狼は夜目立つからな。守衛の者もさぞ驚いただろう。それにしても、なんて格好だ」

花の咲く時期だから薄着でも寒くないだろうと、ゆったりとした寝間着一枚だけという姿で、靴も履いていなかった。

「二階から下りるのに狼の姿になったので……」

「裸よりはマシだが、薄着がすぎるぞ。風邪をひいたらどうする」

コンラードはいたく呆れて、自身のガウンを脱ぐと肩にかけようとしてくれたが、エミルは恐縮するばかりで焦った。

「結構ですっ。大事なお躰なんですから、俺にかまわずコンラード様が着ていてくださいっ。お風邪を召されたら困ります。俺がテオドールさんに叱られますから」

「いいから着てくれ。私を想うのなら大人しく甘えろ」

「で、でも……」

「エミル。お前にとって私が大切ならば、その大切な者がお前を大切だと思っているのだ」

ぅう……。と、返す言葉もなくて恐縮したエミルに、コンラードがガウンをかけてきた。

ガウンに残る彼のぬくもりが寝間着越しにじわりと伝わってきて、少しだけ夜露に冷えていたのだと今更になって気が付いた。彼の香りにも包まれているようで、密かにドキドキする。

二人きりで話すことが久し振りすぎて、隣にいるだけでも鼓動が高鳴ってしまう。近頃はチャームの乱発も大分落ち着いてきたから、いきなり噴き出すようなことはないが少し心配だ。

（落ち着け…）と、エミルは自分に言い聞かせながら、首から提げた銀製の牙をそっと握った。

「寒くはないか」

「はい。でも、コンラード様が」

「この程度で風邪をひくようでは激務をこなせない。寧ろお前が風邪をひいたら、心配でかえって何も手が付けられなくなる」

「ぅ……」

「それは、余計なことをしてしまった――という顔だな」

　図星を指されて俯いたエミルを、横から覗き込む彼は愉しげだ。

「そう思うのなら、夜の散歩には必ず羽織るモノを持っていくように。それに履物だ。なぜ裸足なのだ」

「運ぶのが億劫《おっくう》で」

「下に落とせばよかったのではないか？」

「あ……そう、か。そうでしたね。先に落として、降りたあとで拾えばよかったんだ」

　言われなければ気付かなかった。エミルが頰を赤らめながら感心すると、コンラードがくつくつと肩を震わせ笑った。

「薔薇の棘《とげ》で脚に傷をつけたらどうするのだ」

「夜遊びなんてしたことないから思いつかなかったんです。もう、笑いすぎですからっ」

からかわれたみたいで少し悔しい。エミルが拗ねて怒ると、「わかったわかった」と宥めながらも、コンラードは暫くの間声を殺して笑っていた。

「コンラード様」

「ああ、わかっている。もう笑わない。本当だ」

ちくりと睨んだエミルに、コンラードが苦笑しながら咳払《せきばら》いをした。

まだ口元には笑みが残っているが、一応エミルに気を遣ってくれているようだから、これ以上拗ねるのはやめてあげよう。

「お疲れではないのですか？　遅くまでお仕事をされていたんでしょう。もう戻られたほうが……」

「折角お前が夜遊びしているのだから、私も付き合わせてくれ」

コンラードは言い、夜の薔薇に溢れた庭園をぐるりと見回した。

「この庭を訪れたのは久し振りだ。私が王になってから初めてだぞ。子供の頃はここでアルヴィルとパーシオの三人でよく遊んだものだが、さすがにそういう年でもないからな。ここでよくお茶もした。前王も一緒に」

コンラードは懐かしそうにして、ベンチの真鍮《しんちゅう》の手すりを撫でていた。

生まれたときから次期王になるべく育てられた人たちにとっては王城も遊び場で、数え切れないほどの思い出があるのだろう。終わったこととはいえ、そんな彼らが一時でも争わなければならなかったのは悲しいことだ。

「オルヴァ様のお怪我の具合はどうですか？」

パーシオ・オルヴァが狼狩りでコンラードと対決し、肩に傷を負ったことはまだ記憶に新しい。

狼狩りで王が決まると、残りの二人はそれぞれ重要な役職に就くのが通例なのだそうだ。そのパーシオは、今コンラードの補佐として執務に加わっている。

「不自由はあるようだが、パーシオはあれくらいで丁度いい。狩りができないぶん、執務に身が入るというものだ」

「俺は毎日喧嘩していないかと心配していました」

「勝負は勝負だ。決したあとは幼馴染みに戻るだけ。それよりも心配はアルヴィルだ。余計なことを吹き込まれていないか？」

一方、アルヴィル・ライコネンは前王の愛人を卒業して、今はエミル専属の教育係になっていた。

狼狩りではコンラードの睨み通り、銀狼の牙を切り札に王位を狙っていたようだが、盗まれたと知るとすっかりやる気をなくしていた。前王の愛人としての甘い汁は吸えなくなってしまったが、しかし彼の我が儘振りと奔放さは依然として変わらないままだ。

「例えば、なんですか？」

彼からはマナーの他に国の歴史や伝統を学んでいるが、心配されるようなことなど思い当たらない。

エミルが小首を傾げると、コンラードは端正な顔に不満を滲ませた。

「ベッドでの所作だの、マナーだのを教えると言い出しそうで心配なのだ。アレは快楽主義者だし、そもそも性格的に教師に向いていない。私は反対したのに、やると言って聞かないのだ。既に言われていないか？」

「そんな……大丈夫です。ああ、でも」

エミルは思い出してくすくすと笑うと、コンラードの顔から不満が消えて、今度は怖い目で凝視された。

「なんだ？　湯浴みだなどと、服を脱がされたか？　なんだ？　言ってくれ」

「心配しすぎです。ただライコネン様ったら、授業の合間合間に聞いてくるんです。コンラード様とはどこで逢ったとか、その……初めては、いつだった、とか……」

授業の合間というよりも、話の合間に授業をしているような有様なのだ。困ってしまう。

「それで、お前は言ったのか？」

もごもごと答えると、コンラードの顔がたちまち強張り、ただならぬ気配を纏いはじめたので、エミルは慌ててかぶりを振った。

「いえ！　そんな……気恥ずかしくて、とてもお話しできません。ですが、ライコネン様は愉しそうですよ。今では一緒にお茶を飲む時間が俺の楽しみになっています」

「そうやってお前を手《て》懐《なず》ける魂胆かもしれないではないか。私が執務に追われている間に、お前があいつに耽溺《たんでき》させられるんじゃないかと心配で心配で……」

エミルが悪い遊びを覚えてしまうことがよほど嫌なのか、白い眉間に深い皺が刻まれている。

「心配しすぎです。俺だって嫌なときは嫌だって言えますし、ライコネン様は幼馴染みなんですから、どうか信じてあげてください」

「お前は優しすぎなのだ」

溜め息まじりに言ったコンラードは、エミルの肩に腕を回して抱き寄せた。

「あ…っ」

彼のたくましい胸に倒れると、ブラウス越しに体温が伝わってくる。布越しなのに触れ合ったときの記憶が蘇ると、甘い疼きが下腹を刺して微かに吐息が震えてしまった。

同時に顔が熱くなって、二人だけの時間がなんだか落ち着かない。

「こ、コンラード様……」

それにまたチャームが溢れ出てきそうだった。エミルは戸惑いに声を上擦らせたが、コンラードは笑うでもなく、リラックスした様子で銀色の髪を撫でてくる。

「その優しさは、あの奔放な幼馴染みではなく、私のために使ってくれ」

「ぅ……そ、んな……俺は、いつも通りで……コンラード様に……ぅう」

彼の我が儘にエミルはどう答えていいのかわからなくて、小さく呻く。

エミルはドキドキしっぱなしなのに、翻弄するだけ翻弄してマイペースな人だ。少し憎い。

「お前とこうして二人きりで過ごすのは久し振りのような気がする。ベッドの中では一緒でも、近頃はぬくもりを味わう間もなく眠ってしまうからな……我ながら不甲斐ない」

「そんなことありません。だって王様になられて、まだ一月《ひとつき》ではありませんか。とても頑張ってらっしゃいます。俺、ちゃんと見ていますから」

「エミル……」

優しく抱き締められると、コンラードのぬくもりに熔けてしまいそうだった。

ドキドキが止まらない。こんなにも胸をときめかすのは彼一人だけだ。エミルは包まれるぬくもりにうっとりしながら胸に手を滑らせると、はっと小さく我に返った。

咄嗟に四肢を強張らせて彼の胸を押したエミルの反応に、コンラードが怪訝そうにして見つめてくる。

「どうした」

「――いえっ」

「何か隠しているな」

「いいえっ、そんな……っ」

「隠しているだろう。嘘を吐いてもわかる」

「……」

一心に見つめる眼差しが痛い。コンラードがエミルを求めれば求めるほど、彼がチャームの影響でエミルへの気持ちを誤解していることに強い罪悪感を覚えて、後ろめたさにずっと苦しんでいた。

真実を打ち明けたら最後、エミルへの気持ちが冷めてしまうかもしれない。だけど秘密にし続けるのも心が痛いのだ。

言うべきか否か、難しい選択に決断が出せないまま、彼のぬくもりにずっと甘え続けている。しかしそれも次第につらくなってきた。

「エミル、なぜそんなに悲しい顔をする」

彼の大きな手の平がエミルの右頬を優しく撫でた。

「私のせいか？　私がお前を苦しめているのか？」

エミルは小さくかぶりを振った。

首に提げた銀の牙を布越しに握り締めながら、固く目を閉じた。

目蓋を閉じていても、コンラードがエミルを想い、心から案じてくれているのが体温から、気配から、視線から、――全身から伝わっていた。

彼は曇りもなく淀《よど》みもない誠実さと真摯な愛情を惜しげもなく与えてくれる。心が熔けてしまうくらい嬉しいのに心から喜べなくて、寧ろ息苦しさに窒息しそうだ。

「エミル。もしや怒っているのか？　私がお前の正式な返事を聞くこともなく、愛人にしてしまったことを。――だがそれは……っ」

抱き締める腕に力が込められた。

銀糸の髪に顔を埋めながら、せつなげな吐息を零す。

「それはお前を手放したくなかったからだ。銀狼だからではない。エミル、私はお前を愛している」

「――違う…っ。違うんです。それは誤解なんですッ」

咄嗟に否定の言葉が口を突いて出て、エミルは瞠目した。

言うつもりはなかったのに、彼を苦しめていると気付いたら止められなかった。小さく放心したエミルの間近でコンラードが目を細めている。

「どういうことだ、エミル」

一心に見つめる視線が痛くてたまらず顔を逸らしたが、この行為が彼の一途な気持ちを尚も裏切っているようで、エミルには耐えられなかった。

「……俺があなた様を惑わせたんです」

「――なに？」

「俺がっ、……人狼には相手を誘惑させたり発情させたりする力があるんです。俺はまだそれが巧く使いこなせなくて、感情が昂ぶってしまうと勝手にその力が出てしまうことがあるんです。……だから、ライコネン様のお屋敷でコンラード様と出会ったときも、俺、落ち着かないとと思ったのに、止めることができなくて……」

「あの夜か……ハーブ園で逢ったときの」

心当たりがあるように、コンラードが目を見開いた。

「はい。……それにお城に来られたときも。お屋敷に連れて行かれたときもです」

「そんなに」

酷く驚いている。当然だ。エミル自身が焦るほどに、感情の起伏でコンラードを惑わせてしまった。

「じ、自分でも気付かないうちに出してしまうことがあって……きっとそれでコンラード様は俺を好きだと勘違いなさっているのです。だけどそれは俺の能力のせいで……ぅう……ごめんなさい」

告白しながらじわじわと涙が溢れてきて、最後には滴が頬を伝っていた。

「……俺、はじめは貴族がただ恐ろしかった。あなた様がどんなに優しい人でもいずれ狼を狩るんだって、ずっと悔しくて悲しかった。だけど一緒にいると、あなた様にどんどん惹かれていくんです……。でも俺を求めてくれるのは、人狼の力のせいだと知っている。黙っていたらずっと俺を愛してくれるって一時は思ったけど、その気持ちが強くなればなるほど今度は苦しくなってきて、……だけど本当は俺……、……」

――チャームで惑わされたまやかしの感情ではなく、コンラードに心から愛してほしい。

いつの間にか芽生えてしまった願望が、最後の最後に喉の奥で詰まってエミルは息苦しさに呻いた。

不器用で臆病で失敗ばかりしてしまうから、大事な瞬間に怯《ひる》んでしまうのはエミルの悪いところだ。でもコンラードと出会い、駄目な自分を笑って包み込んでくれる彼の優しさを知ってから、すっかり甘やかされて我が儘になってしまった。

彼だから甘えられる。

怒って泣いて、心を預けられる。

それがどういう感情なのか、ずっと不思議に思っていたけれど、狼狩りで助けられたあのとき漸くわかった。

「俺……嘘の愛じゃ嫌なくらいに、コンラード様をお慕いしています。だから……、……だから、嘘を吐き通せなかった……！　ごめんなさい……っ……全部俺が騙していたんですっ」

「エミル……」

「ごめんなさい……！」

耐えきれずにわんわんと泣きだしたエミルを抱き締めたきり、コンラードは何も言わなかった。

きっと落胆させてしまったのだろう。聞かなくてもわかる。

幾度となく昂ぶらせた感情のからくりを知って、心を弄ばれたと憤っているはずだ。

「ごめんなさい……っ……俺……、……俺………」

愛していると言ってくれたのに酷い裏切りだと思う。裏切って、失望させてしまった。

怒られて当然だ。嫌われて当然だ。

寝室へ戻ったら、荷物を纏めて村へ帰ろう。

はじめからそのつもりだったし、少しだけ帰る時期が遅くなってしまっただけだ。きっともう二度とコンラードに逢うことはできないだろうし、真実を打ち明ければ最悪の結果になることはわかりきっていたのだ。そうとわかっていて告白したのだから、もう引き返せない。

酷いことを打ち明けたのに、コンラードは突き放そうとはせずに黙って抱き締めてくれていた。そんな彼の優しさにまだ甘え、エミルは震えながら泣き続けている。

「エミル。顔を上げろ」

コンラードは静かに言った。

審判の時が来た。——そんな気がして、エミルは嗚咽を噛み締めた。

「顔を上げてくれ。さあ、私に顔を見せてくれ」

そっと顔を起こされて、エミルは涙でぐしゃぐしゃになった瞳を向けると、そこには少し呆れている、いつもの包み込むような優しい笑顔があった。

「まったく……無理をして嘘など吐こうとするから。さあ、涙を拭いてくれ。泣く必要などないから」

「……コンラード様……だって俺は……っ」

ブラウスの袖で涙を拭こうとされて、エミルはかぶりを振った。

「違うのだ。お前は誤解している。私は以前からお前に片想いをしていたのだ」

「……え？」

片想い。

エミルは彼の言葉を繰り返して、小さく放心した。

「……片想い……？　俺に……？」

「ああ、城へ来るたびに探しては、お前を見ていた」

コンラードは気恥ずかしそうにぎこちなく微笑むと、未だ彼の言葉が信じられずに呆《ほう》けているエミルの頬を拭いて言った。

「お前に気付いたのは二、三ヶ月前か。はじめはフットマンが一人増えた程度にしか思っていなかったのだ。幾度か城へ足を運ぶたびに、テオドールの後ろを自信なさげに付いて回っている姿を見かけて、あの仕事に厳しい執事がよく選んだなと密かに呆れていた」

「……俺、ミスばっかりで叱られてばかりでした」

だろうな。と、コンラードは笑った。

「前にも言っただろう。フットマンは特に容姿端麗な者が選ばれる。仕事は二の次、と言うくらいにな。ということは、よほどの美形なのだろうと、はじめはちょっとした好奇心だったのだ。――それが、なんというか、その……」

「はあ……」

急に言いづらそうにしたコンラードが苦々しく額を掻いた。

「想像以上だったのだ。……お前を初めて近くで見たとき、あまりの美しさにこの世ならざる者ではないかと思った。精霊のような神秘的な何かで、人に紛れて遊んでいるのではないかと疑ったくらいだ。――とにかく私の目にはお前だけが鮮やかに見えて、ただただ美しかった……それはなんというか、美に私の魂が屈服させられた瞬間だった」

彼の頬が目の前でじわじわと赤く彩られていくのが、ランタンと月の弱い明かりでも見えていた。

夜目が利くから余計だ。コンラードが気恥ずかしそうにして睫毛を伏せているのも、時折緊張したように唇を引き締めているのもよく見える。

「しかし優れた容姿を裏切って、お前はいつも気を張っていた。ミスをしてテオドールに叱られないよう、必死だったのだろう。まさに仕事は二の次のフットマンらしいというか、それが妙に愛らしくてな。気が付くと城へ来る愉しみになっていたのだ」

「まさかずっと見て頂いていたなんて……。だからあのハーブ園で俺だとすぐにわかったんですか……」

「たとえ新月の暗い夜でも、お前を見間違うことはない。それにお前は気付いていないかもしれないが、その髪は黒に染めていても、うっすらと銀に光っていたぞ」

「……え？」

「気付いていないのだな。注視しなければわからないくらいにだが、黒く染めた髪も、この透き通った白肌も淡く光っていたのだ。あのあと銀狼を見るまで、やはりお前は精霊か神聖な者なのかもしれないと思っていたくらいだ」

「……コンラード様、俺が銀狼だって……気付いていたんですか……？」

「あの森で銀狼を見てから、少しだけ疑っていた」

　エミルは目を見開いた。

「確証はないし、もしかして……と思う程度だったが、狩りのこともあって、次第に銀狼が気がかりになってな。城でお前に半ば強引に近づいたのは、正体が銀狼であればと少しの期待を込めていたからだ。しかし正体を知る前に、お前のその発情を誘う力というものにやられてしまったのだが……」

「ごめんなさいっ、あのとき怖くて怖くてドキドキしっぱなしで……っ。感情が昂ぶると、わっと出てしまうことが多くて。特にあの頃はそういうことばかりで俺も困っていたんです」

それにコンラードとの距離があまりにも近すぎて、否応なしに意識させられていたのだ。

今思い出しても、あの状況でチャームを我慢するのは到底無理だったと思う。恐縮して謝るエミルに、コンラードは眉を顰めて難しい顔をした。

「いや、寧ろ、その能力とやらに感謝しなくてはいけない。城へ乗り込んだのもお前を追いかけたことも我ながら強引だったが、さすがに私の屋敷に連れてくるなんて、ましてやベッドに押し倒すなんて、したいと思っても絶対にできなかった。――つまりお前の力が私にきっかけを与えてくれたのだ」

「……俺の、力が……」

そんなことを言われるとは思わなくて、エミルはただ驚きっぱなしだ。

コンラードは気恥ずかしそうだった。

「ああ。片想いを打ち破るきっかけをな。感謝こそすれ、腹を立てるようなことなど何もない。寧ろ腹を立てられるのは私のほうかもしれないぞ。なんたって、私はお前が銀狼ではないかと密かに睨んで、わざとけしかけたのだからな」

「……それはもしかして、ライコネン様の宝箱のことですか？」

「そうだ」

やはりそうだったのか。確信を得たエミルに、コンラードが眉尻を下げて苦笑した。

「銀狼のお前が城で働く理由やアルヴィルの屋敷へ行きたがる意味を考えたとき、きっと何かを取り返したいのではないかと思ったのだ。狼狩りがいつ何時はじまるともわからない時期にも拘わらず、アルヴィルの余裕な態度も気になったしな。あれはずる賢いが、根は素直だからわかりやすいのだ」

「寧ろコンラード様のほうが計算高くていらっしゃる。俺もライコネン様も手玉に取られていたのですね」

「そうでもなければ、王になどなれんさ。――だから寧ろ嘘がばれて恨まれるのは、お前ではなく私のほうだ。そしてできることならば、許してほしい」

小さくむくれたエミルの頬を指先で撫でると、コンラードがふいに席を立った。

「エミル」

彼はそう言うと、エミルの前で膝を突き右の手を取った。

「こ、……コンラード様……?」

一途で熱の籠もった眼差しに絡め取られて、瞳が逸らせない。

ドキドキとまた胸が高鳴っている。でもそれは恐怖ではなく、期待と緊張のためだ。

「私は王である以上、この国を妻として守らねばならない」

「はい……」

「しかし欲するのはお前だけだ、エミル。どうか私の愛する人に――いや、私だけの愛しい狼になってくれ」

手の甲に一つキスが落ちると、——ぞく、と甘い痺れが背筋を駆け抜けていった。

「——っ……ぁ……」

全身が粟立つ刺激にわなないて、エミルは微かな声を洩らして喘いだ。

見開いた銀色の瞳から大粒の涙が零れると、堰を切ったように次々と溢れ出てくる。

早く返事をしなくちゃ。そう、頭の中では思っているのに、呼吸が浅く乱れて声が出せない。

コンラードが再びエミルを見ると、澄んだ蒼い双眸が夜の帳に色を濃くして、艶やかに輝いていた。

彼の瞳の中に泣き虫顔がゆらゆらと揺れている。恥ずかしいほどみっともない顔をしているのに、そんなこと気にならないほど躰が喜びに疼いて落ち着かない。胸がいっぱいではち切れそうだ。

好き。大好き。ずっと、ずっと側にいる。

——その言葉を言うよりも先に、エミルはコンラードを強く抱き締めていた。

「……っ、エミル」

「コンラード様っ……！」

ガウンが地面に落ちる。

「ああ、エミル……っ。つまりこれはイエスということだな。お前がなんと言おうと、私は都合よく考えてしまうぞ。私だけの狼になると言うことだな」

「……っ……はい！　はいっ。俺はコンラード様だけのものになります！　——わっ、あ！」

いきなりコンラードが立ち上がり、驚いたエミルは落ちないように彼の肩へ必死にしがみついた。

「決まりだ！　嫌だと泣いても離さないからな！」

「泣きませんっ。いえっ、嬉しくて、いっぱい泣いてしまうかもしれないけどっ……わっ、こ、コンラード様っ」

あずまやの中でエミルを横抱きしながら、コンラードが踊るように軽やかな脚でくるくると回っている。エミルは落ちてしまわないかとヒヤヒヤしながら縮こまっていたが、目の前の爽快な笑顔にいつの間にか恐怖は消えて、一緒に笑っていた。

そしてどちらからともなく唇を重ねると、夜風が薔薇の園を揺らして、甘く艶やかな香りが二人を撫でていった。

夜の静寂のなか、枝葉がさざめいていた。まるで抱き合う二人を見ながら、薔薇たちが囁き合っているようだ。くすくすと笑っている。

重ね合うだけのキスがゆっくり離れると、エミルは甘い吐息を零した。

「……コンラード様はいつも俺をドキドキさせてくれます」

キスだけで涙が出そうなくらいに心が震えて、喜びに満ちている。

「お前はいつも甘い香りがしている。――それが私を発情させる香りか？」

「わかりません……だってコンラード様からも甘い匂いがしているもの。だからドキドキが止まらないのですか……？」

「さあ、わからない。——だが、今すぐにキスをして、お前に触れなければ一生後悔することだけは、はっきりとわかる」

「俺もっ。俺もコンラード様にいっぱい愛されたいです。この一ヶ月、あなた様の寝顔ばかり眺める日々が続いて、ずっと寂しかったんですから……」

「それは悪いことをしたな」

「ベッドに入って、十も数えきらないうちにですよ」

「お前が隣にいると安心して眠れるのだ。甘い香りのせいか？」

　首筋に顔を埋め香りを嗅がれて、くすぐったさに肩を竦めた。

「俺の甘い香りは興奮させるものですから、ち、違いますっ」

「ならば今のこの香りがそうか。嗅げば嗅ぐほど、お前の肌に貪りつきたくなっていく」

「アッ！」

　首筋を舐められて、ひくん、と肩が弾んだ。驚きの声を洩らしたエミルを、吐息の触れる距離で彼が見つめてくる。欲情に濡れた視線が肌をヒリつかせた。

　求められている。——そう思ったら、躰の芯がまた甘く疼いた。下腹が痺れて、吐息が震える。

「甘い香りが強くなったな」

「……はい。……俺、……今、コンラード様を興奮させています」

「それならば、思う存分浸るとしよう。ベッドまで我慢できるか？」

「はい……」

期待のあまり躰が情欲に火照って、力が抜けてきた。甘えるままに彼の肩に頭を預けると、コンラードは色とりどりの薔薇が咲き誇る庭園のなかを歩いていった。

半分に欠けた月の光に照らされた満開の花々は、淡く輝いていて幻想的だ。そしてエミルを抱く愛しい人も――。

「コンラード様、あなた様は美しい人です。俺はいつだって凛々しいお姿に目が釘《くぎ》付《づ》けでした」

「ならば、ずっと私に夢中でいてくれ」

「コンラード様もです」

「当然だ」

コンラードの艶やかな横髪にエミルは頬ずりをして、うっとりしながら頬にキスをすると、吐息の触れ合う距離にある柔らかな美貌が幸せだと教えてくれる。

エミルも幸福だ。胸のドキドキは相変わらずだが、いつも緊張していたそれは、いつの間にか心地よいときめきへと変わっていた。


――コンラードに横抱きされたまま寝室へと戻り、ベッドで下ろされた。

戻る途中、何人もの守衛や使用人に二人の姿を見られてしまい、恥ずかしがるエミルに対して、コンラードは堂々としたものだ。というより心なしか愉しげにも見えて、実は見せびらかしたいタイプなのでは？　と、少し疑ったほどだ。

　そして漸くベッドに横たえられると、太腿を撫でられて、ふくらはぎから足首へそして足の裏を手の平が滑っていく。

「は……」

　乾いた手の感触が肌を滑るくすぐったさに膝を少し曲げながら吐息を震わせると、「ああ…」と、コンラードが安堵した様子で目を細めた。

「傷はないな。よかった……。お前の白くしなやかな脚に傷は必要ない」

　そう言い右足の甲にキスをして、唇と吐息で優しく撫で上げてくる。

「夜露ですっかり冷えてしまっているではないか」

「はい……でも、すぐに熱くなると思います……そうでしょう……？」

　脛《すね》に頬ずりしながらエミルを見つめる蒼い双眸に背筋がぞくぞくして、返す声が震えていた。

「ああ。すぐに汗を掻くほどにな」

　両手が左右のふくらはぎを包み込み、膝裏を撫でて、太腿へと上ってきた。

　寝間着以外に下着は穿《は》いていない。それが王の愛人の嗜《たしな》みらしく穿かせてもらえないのだが、今となってはそれでよかったと思っている。

　撫でる手が腰へと辿り着くと、エミルは脚をもじつかせた。期待に肌が粟立ち、甘い痺れが下腹部に広がっていく。

「ぁ…」

脚を撫でられただけなのに、性器が甘勃《だ》ちして寝間着をうっすら押し上げているのが見えて、微かな声が洩れた。コンラードもエミルの変化に気が付いて、視線は股間に釘付けだ。布越しに見られているだけでも芯が甘く疼いてジンジンしている。

「コンラード様……」

誘うようにエミルが寝間着のリボンを解くと、襟が大きく開かれて肩が露わになる。

エミルからすれば痩せすぎて薄っぺらだと思える肩でも、コンラードは喉を鳴らしてくれて、強く惹きつけられているようだ。それが嬉しくて、彼の右頬に触れると、コンラードは愛おしむように手の平へ頬ずりして繰り返しキスをしてきた。

吐息と熱で手の中が火照っていく。彼に触れられた腰もだ。触れられたところすべてがエミルに熱を伝えて、熔かしていくようだ。彼の深い愛が染みてくる。

手の平に繰り返し落ちていったキスが手首から腕に、そして二の腕の柔らかなところへと移動していくと、いきなり寝間着を剥ぎ取られた。

「あっ、……ぅう」

頭から寝間着を引き抜かれて、すぐにも裸を晒すことになってしまったエミルは、急に恥ずかしさを覚えてしまい、縋るように首に提げた牙を左手で握った。

「……それは？」

自身もブラウスを脱いだばかりのコンラードに気付かれて、エミルは握ったばかりの手を開いて銀製の牙を見せた。

「祖父の牙です。……ライコネン様のお屋敷で盗んだものです」

「お前の探していたものは祖父の牙だったのか。しかしなぜそれを盗んだ。元は王のものだったのだろう？」

「人狼は大人として認められるために、祖先の牙を取ってこなくてはならないんです。それは不遇の死を遂げた祖先に限られていて、取り返すことで子孫が祖先の名誉を取り戻す意味もあります。――俺に与えられた使命は、王に狩られた祖父の牙を取り返すことでした」

手の中の牙は白く淡い光沢を放って、少しひやりとしていた。細やかな傷が見えるが、それが祖父の皺のように思えて愛おしい。

「そうか。確かにお前の人生に大きく関わることだな。大袈裟だと嗤っていたが、なるほど。お前が必死になっていたわけだ」

「はい。コンラード様のおかげで、俺は一人前の人狼として認められましたし、両親も喜んでくれました。ずっとプレッシャーだったんです。この通過儀礼で失敗した銀狼はいないし、俺は失敗ばかりで……やっとです」

牙は両親に渡すつもりだったが、城で暮らすことになったエミルを案じて持たせてくれたことも嬉しかった。

「お前の祖父も喜んでいるだろうな」

「コンラード様に助けてもらわなかったら、俺は半端者として一族から追放されていました」

「そんなことになったとしても、私が拾っていたさ」

コンラードがエミルの上に乗り、躰を重ねながら唇を求めてきた。吐息を交わらせて唇を重ね合うと、柔らかくて熱い舌の愛撫に躰の力が抜けていく。

「はぅ…」と、気怠く抜けた声を洩らすと、舌の上をくすぐられて一層甘い声が零れた。浅く乱れる吐息ごと飲み込むような深いくちづけを与えられながら、脇腹や胸を這う愛撫に躰を震わせる。


くすぐったさと気持ち良さの絶妙な加減がもどかしい。小さく身悶えて縋るようにコンラードの肩へと腕を滑らせたエミルは、金糸の髪に指を絡ませた。


彼の髪は少し芯があって、しかし艶やかだった。初めて触れた気がする。くちづけを受けながら指先で遊ぶと、コンラードがくすぐったそうに密やかな笑みを零して、頬にキスを落としていった。

「私の髪が気に入ったか」


情欲を煽るように囁く甘声に、エミルはわなないた。

「コンラード様に気に入らないところなどありません。寧ろ素敵すぎて困るくらいです。髪には初めてちゃんと触れた気がして。……綺麗です」

「お前の黒髪も白銀の光沢があって美しかったな」

思い出すように横髪にキスをして、頬ずりをされた。

しかし魔女の術も解けて、今は元の銀色だ。エミルにとってはこれが普段の髪だが、コンラードにはまだ見慣れないものかもしれない。

「あれは魔女に染めてもらっていたんです。……黒髪のほうがいいですか？」

その魔女も狩りが終わって、無事解放されたと聞いた。

「この銀の髪の神々しさに勝るものはないだろう。これほど美しい髪はないのに、何を今更臆病になっている」

感嘆するコンラードに、エミルは小さく安堵した。本当の自分の姿を愛されることが嬉しくて、さらりと頬ずりを返した。

「俺、コンラード様にどんどん甘やかされて、熔けてしまいそうです」

「熔けるならば一緒がいい。ベッドの上でどろどろにな」

「あっ」

くつくつと笑う彼の手が左右の胸の突起を掠めて、小さなその形を確かめるように指先でくるくると撫でてきた。さらりとした肌の上を滑る愛撫がそわついてもどかしい。

「ん…んん……っ……くすぐ、…たぃ……」

弱い刺激だが幾度も繰り返されると、次第に硬く勃起《ぼっき》していって、ぷっくりと固く張り詰めていく。

それでも尚、丹念に撫でられていくと、チリリとした微弱な痺れをエミルに伝えてきた。

小さな痺れに気が付くと、躰が貪欲に欲しがろうとして焦れだす。

「ン、ンンッ……は、は……はぁ、……んぅ……ぁ、…あ」

乳首に与えられる快感が強くなればなるほどに、なぜか下腹部が疼いていくような感覚があった。

首筋を熱い吐息が撫でて、硬い歯が皮膚を擦る。噛まれそうな気がして四肢が強張ると、突起からの快感が一層強くなって、「ぁあ！」と、大きな声が出た。

「わっ」

ビクンと腰が跳ねて、一瞬浮く。その拍子に耳と尻尾が出そうになって、咄嗟に両手で頭を押さえていた。

「どうした」

コンラードがすぐにも気が付いた。

「びっくりして、耳が出そうになりました。……尻尾も」

「ははは！　気にせず出せばいい。可愛《かわい》らしいだろうに。たっぷりと撫でてやるぞ」

「い、いいですっ、も……これ以上撫でられては落ち着きませんっ」

「はなから落ち着かせるものか」

突起を捏ねる刺激が甘く濃厚な快感を伝えて、なぜか下腹部に広がっていく。

「んぅ、う…っ」

恥ずかしくて余裕がない。

「ここがいいようだな。前も悦《よろこ》んでいた」

そう言って、コンラードが左の乳首を舐めて、吸い付いてきた。

「あっ、あっ」

乳頭と乳輪が強く引っ張られて、チリチリと細かな痛みを教えてくるのに、口腔内の熱とぬめりが密着してきて、ねっとりとした感触が気持ちいい。

「ぁンッ、あ！　あっ、コンラードさ、あ…っ……あっぁあ――ッ」

痛みと濡れる快感が同時にエミルを犯して、躰が勝手にビクビクと弾んでいた。

下腹が強烈に痺れていて、そこで何が起きているのかわからないが、熱くて熱くて中でじりじりと燃えているようだ。ふいに右の乳首を抓《つね》られて皮膚が刺すような痛みを教えてきた。

気が付くと狼の耳も尻尾も出し方を思い出せないくらい、追い詰められて余裕を失っていた。

「ひぁ！」

乳首の痛みが一直線に下腹へ走る。

性器の奥がビリリとキて、エミルは目を見開いた。

びくびくびく……！　と、突然痙攣しだして、体内深くから絶頂が込み上げてくる。

「だめッ……あ、ん！　ゃっ！　ヤッ！　ィ、ちゃ……っあ…――……ッ」

まだ触れられたばかりなのに達したくない。焦る気持ちを裏切り、躰は一気に愉悦へと駆け上りコンラードの前で精を放った。

「あ、……あ……ぁ……」

　ジンジンとした疼きが強くなったり弱くなったりして、エミルの体内で波紋を描いていた。疼きが大きくなるたびに性器が根元から先へと痺れて、白濁した汁が溢れてくる。

　達したのに精は勢いよく放たれはせずに、どろどろと流れるばかりで中途半端な絶頂だった。それでも限界まで込み上げてきたという感覚はあって、エミルは気怠さのある疲労感にくったりとベッドに沈んでいた。

「乳首だけで達したのか……凄いな」

「ぁ……え……俺……」

　直接性器を触られてはいないのに、乳首を吸われている間、凄く痺れて内側から刺激されているみたいだった。

「俺……でも、……こ、ここが凄くジンジンしていて……気が付いたら……」

「ああ、随分と出たな」

　まさか乳首の愛撫だけでとは信じられなくて、ぼんやりとしながらも動揺している。頭上のコンラードは嬉しそうだ。唇に残る唾液を拭い、笑みを描いた。

「しかしまだ少し出ているようだ」

「んっ、ん…っ、ぁっ……！」

　根元から搾るようにされると、一度落ち着いたものがまた込み上げてくるような気配に、エミルの四肢が強張った。ぐう、と下腹が引き攣って腰が小さく浮くと、大量の精がどろりと出てきて幹を垂れていった。

「は……ぁあ……本当に、と、熔けちゃう……」

「愛らしいことを言ってくれる。お前の躰が私の手によって淫らになっていくのは、とてつもない興奮を教えてくれるな。……ああ……甘い香りがするぞ、エミル」

「は、ぃ……コンラードさまが……俺に触れているから、……ぁ……、……」

「お前の香りに酔わせて、私を発情させるのか……」

「もっと……いっぱい、いっぱい、俺に酔ってください……俺に、溺れて……」

餓えた目を爛々と輝かせながら一心に射貫く想像に誘われるまま、エミルは半身を起こして彼にキスをしていた。自ら舌を出して唇の隙間へ滑らせると、稚拙ながらも口腔内を弄り絡めていった。

再び肩に腕を回して抱き締める。コンラードが脇腹を左右から撫でてきた。大きな手だ。先ほどよりも熱い気がする。

躰がしっとりと汗ばんでいることに、触れられて気が付いた。

肌を滑る手がまた胸の突起へと動いて、手の平全体で薄い胸を鷲《わし》摑みする。さして肉付きがいいわけでもないそこを強く摑まれて、カッと血が集まる感覚があった。

キスの合間に「ンッ」と掠れた声が洩れて、背骨が撓《しな》る。

コンラードは自らも舌を絡めて、そしてエミルの口腔内に潜り込んできた。隅々まで舐められて、ふやけそうなほどに唇を甘噛みされていくと、次第に二人の唾液が口の中いっぱいになって溢れてきた。

　こくり、と喉を鳴らして飲んだが、それでも口の端から垂れていく。それをコンラードが舌の平全体を使って舐め取り、首筋に吸い付いて、時折甘噛みしてきた。

「あ、ンッ」

　歯が皮膚に食い込んで躰が跳ねる。

「首筋が弱いな。狼には急所と感じるか」

「ん……、……はぃ、……噛まれると、ぞくりとする。……コンラード様以外、誰にも触れてほしくないです……」

「私もだ。お前に触れるごとに独占欲が強くなっていくのがわかる……そのうち首輪をつけてしまいそうだ……」

「あなた様がつけろと言うならば、俺は喜んでしまいます。だって俺はあなた様の狼ですから」

「ふふ……甘やかすな、私を。よからぬことを覚えてしまうぞ」

「よからぬこと、ですか……？」

　エミルがぼんやりとしながら小首を傾げると、コンラードが微苦笑してみせた。

「それはおいおい教えてやろう。――それよりも今はお前が欲しい。一月振りなのだ。隅々までお前を愛したい」

「それは、俺も……。あ、あの、コンラード様」

躊躇いがちに彼の胸を押すと、怪訝そうにしながらもコンラードが後ろに身を倒した。股の間で膝を突いたエミルは、ゆったりとしたズボンの前の膨らみをそっと撫でていく。

「――っ、エミル!?」

さすがに驚いたのか、コンラードの声に焦りが滲んでいた。

確かにこんなこと自分らしくないというか、既に恥ずかしくて煮え上がりそうだが、隅々まで愛してほしいという願望と同時に、愛したいという衝動も強くて、されるままになっていることが嫌だった。

「あの……俺、その……コンラード様に、…………」

ぅう、と、恥ずかしさのあまり最後まで言えずに喉の奥で呻いていた。

顔が熱い。耳の先まで火照って、火が出そうだ。それでも彼に触れたい気持ちに変わりはなくて、おずおずと顔を起こすと、不安げなエミルにコンラードがぎこちなく笑い返してきた。

「驚いたが、その様子ではもっと驚かせてくれるのだろう?」

「驚かせたいわけじゃないんです……その……俺が、コンラード様を……き、気持ちよくさせたくて……ぅう……だけど湯浴みのときよりも恥ずかしくて、くらくらしてます……」

「そこに触れられたのは二度目だが、私は何度求められても嬉しいぞ。涙まじりに頰を赤らめるその表情もいい」

「お、俺ばっかりっ」

「ではどうしたいのだ？　さあ、お前の好きにしてくれ」

気持ちよくさせたいのに、違う意味で愉しませているような気がして悔しい。急に負けたくない気持ちが湧いてくると、エミルは意を決してズボンの腰紐を解いた。

押し倒したときよりも心なしか前が膨らみを強くしている気がする。下着と一緒にそっと下げていくと、コンラード自身が現れてゆっくりと頭を擡げていった。

「ぁ…、……大きく……」

目の前でみるみる大きく張っていく性器に、エミルは感嘆の吐息を零して釘付けになった。太い幹に立派に張った傘が雄々しくて、間近で見つめているだけで熱を感じる。初めて触れられたときや、湯の中で見たとき、触れたときよりも存在感があって、凝視していると躰の芯が強く疼いてきた。

こんなものがエミルの中に収まっていたなんて信じられない。隙間なく密着して、内側から熔かされるほど擦られる感触が後孔に蘇ってきて、重たい吐息が洩れる。

自分はいつの間にこんなにも淫らになってしまったのだろうか。

羞恥心が引くと、途端に獣のような大胆な自分が現れてしまう。エミルの香りで彼を発情させるように、コンラードの香りでエミルは興奮してしまうのかもしれない。

「は……、……ぅ」

おそるおそる幹を握ってみると、熱がじんわりと手の平に伝わっていった。熱くて吸い付くような感触だ。もう既に血管が浮き出ていて性器が色を濃くしている。香りも強くて、エミルの欲情を煽る。

誘われるままに亀頭の先にキスをすると、コンラードが小さく呻いた。咄嗟に腰を引かれたが、幹を摑んでいたから彼が逃げることはなかった。しかし頭上で吐息が乱れはじめ、ふー…と長息を吐いている。

たったこれだけのことで感じてくれるのが嬉しい。もっともっと気持ちよくさせたい。愛してみたい。そんな衝動が湧いてくると躊躇いが消えて、大きく張った雁を口いっぱいに頬張っていた。

「ぁ……──エミル…ッ」

戸惑いと焦りの声がして、コンラードが後ろ髪を摑んでいた。

一瞬髪を引っ張られて顔を顰めたが、痛みはすぐに消えてあとは彼の濃い匂いが鼻腔を抜けていく。雄の、猛《たけ》った匂いだ。香りの濃さにくらくらして、稚拙ながらも舌全体を使い隅々まで舐めていくと、亀頭の小さな孔から滑った汁が溢れ出てくるのに気が付いた。

わかりやすい反応が嬉しい。もっと気持ちよくさせてみたいけれど、経験に乏しいエミルは一つ一つの動きにいちいち悩んでしまう。

彼は以前どんなふうにエミルを愛してくれただろうか……。それを思い出しながら、幹を根元から擦ると、「はぅっ」と、コンラードが焦った様子で息を切った。膝を立てながら、エミルの後頭部を抱きかかえるようにして、頭上でせつなげな息を繰り返している。

これは気持ちいいに違いない。

どんどんと嬉しさが込み上げてきて、エミルは大胆になっていく。

舌先で雁元をなぞりながら、手の平全体を使って亀頭の先を擦ると、先ほどまで咥え込んでいて唾液まみれになったそこが、くちゃくちゃとぬめった音を立てていた。同時に幹をしごいていくと、だらだらと先走りが垂れて、上下に擦る手が円滑に動く。まるでもっと撫でてと言っているようだ。

「……ぅッ、……ぅう……」

亀頭の先を舐めながら見上げると、コンラードが頬を上気させながら苦しげに眉を顰めていた。耐える表情が目を惹くほど格好よくて、こんなときまで魅力的な彼に嫉妬しそうだ。エミルなんて、みっともないほど喘いでいつも恥ずかしくなるのに悔しい。

もっともっと感じる声を聞いてみたくて、陰嚢を揉んでみた。一方で幹をしごいて、舌先で裏筋をなぞってみる。

「ああっ、待て！」

「——んぁっ」

コンラードが血相を抱えてエミルを引き離した。

「駄目だっ。これ以上は許さん」

「そんなっ、もっとコンラード様を気持ちよくしたいです」

「いや、十分だ。これ以上は私が困る」

怖い顔をしてコンラードがエミルを押し倒す。仰向《あおむ》けに倒されると、両足を広げさせられた。

「困るって……あ、ちょっ、……まだ終わってないですからっ」

「いいや、終わりだ。次は私がお前を気持ちよくする」

起き上がろうとしたエミルの肩を押さえて、サイドチェストに置かれた小瓶を取る。

「ぁ…っ」

栓を開けると、薔薇の香りがするとろとろとした液体が垂れてきて、エミルの後孔を濡らしていった。性器に落ちたそれが幹を伝い、陰嚢から会陰を濡らして、更に奥まで垂れていく。股を濡らした感触がお漏らししたみたいで恥ずかしい。

香油に濡れた前を隠そうとすると腕を捕まえられて、肩の上で張り付けにされてしまった。

「コンラード様、俺がもっと……」

「その話は終わりだ。まったく……お前という奴は何も知らないように見えて、私を簡単に手玉に取ってしまうのだから恐ろしい」

「俺が……？　俺が、ぁっ……ン」

後孔を撫でられると、すぐさま指が挿入ってきた。

ぬるりとした感触が何の抵抗もなく襞を割って、根元まで突き入れられる。そして慣らす間もなく幾度か抜き差しされると、内側から火照ってくる気配に気が付いた。確信を得られぬままに指が二本に増えて、後孔がまた開かれる。

先ほどよりも太さが増したそれが襞を拡げていくと、頭上でコンラードが眉を顰めた。

「――一月振りにしては柔らかいな」

「そ、それは……、……俺が……ぁっ、あッ」

浅いところにある敏感なポイントを圧されて、性器の根元から射精感が駆け抜けた。

甘くて怖いくらいに痺れる快感が尾てい骨にまで響いて、エミルは胸を反らして喘ぐと、性器の先からどろりと汁が溢れ出る。

「お前がなんだ？」

「あ！　ゃ、あっ、だめ、そこばっかりはっ……ンぅう……ん……！」

「私が触れない間に、ここが悦《よ》いことも覚えてしまったようだな。何をした、エミル」

聞きながらも、ばらばらと指で叩いて前立腺を刺激され、エミルはかぶりを振って身悶えた。

ビクビクと腰が跳ねて、屹立した性器が飛沫を上げる。次第に指の刺激が強くなると、性器が内側からビリビリと痺れて、先がヒクつきだす。

「だ、だめっ、違うんですっ、俺がっ……俺がッ……俺が自分でッ……！」

「自分で？　お前が？」

敏感なそこを責める手が止まって、エミルは大きく息を吐いて脱力した。いつの間にか額が汗で湿っている。全身が疼くように熱を持っていて、あと少しで危うく達するところだった。

「共寝は王の愛人の嗜みとライコネン様に教えて頂いたのですが……その……コンラード様の隣にいると、初めての日のことを思い出してしまい……か、躰が疼いてしまって……だから……その……夜ごと一人で……」

「夜ごと、一人で」

「……ぅっ……」

確認されるように言われて、エミルは呻いた。

「私が眠る隣で、か——？」

「ぅう……す、すみません…っ」

それが眠れない原因の一つでもあったのだが、それをたどたどしく言い訳すると頭上でコンラードが苦々しい顔になった。

「嗜みなどと、余計なことを……。だからアルヴィルに教師などやらせたくなかったのだ」

「ですが、俺に触れるようなことは何もしていませんよ？」

「そういうことだけではない。まさかさっきのも、あいつの入れ知恵か？」

「まさか！　あれは俺がしたくて……コンラード様に気持ちよくなってもらうには、さっきのが一番かなって……それだけです。ライコネン様には何も訊いていません」

「訊いたが最後だ。実地訓練だなどと言い出すぞ」

「それは困ります。ですが……その、……そこが……近頃なんだかむずつくようになってきて……」

「そうか。それを聞いて安心した。しかし欲を言うなら、私が育てていきたかったな」

「ひぁ！　あ！　あっ、だめ！　強くっ、しちゃ…っ、あぅうんンン……————ッ」

ビクビクビク……！　と、腰が痙攣して、亀頭の先から少量の精が飛沫いた。

それでも尚、コンラードは中の敏感なそこを突いて、エミルの射精を刺激する。しこりのような箇所を掻き、強くノックされるたびに、尿道が灼《や》けるように痺れる。熱くて怖い。エミルの意思とは関係なく躰が勝手に跳ねて、そのたびに汁が噴く。

「だめ！　だめえっ、コンラードさま……！　あ！　アッ、コンラードさまぁ……！」

ぼろぼろと涙を零しながら訴えたエミルの頭上で、コンラードが唸った。

漸く前立腺を責める指が止まって、はあはあと激しく息をしながらくったり脱力すると、手の拘束が解かれて、エミルは安堵した。

「すまない。お前が快感に悶える姿に見惚れて、つい夢中になってしまった……」

「俺の……？」

「ああ。私の中であられもない声を上げるお前の姿は肉欲を煽る。もっと乱れさせて、声を聞きたくなるくらいに興奮するのだ——わかるだろう？」

「ぁ……はい……コンラード様の、……ぁあ……」

彼の性器は大きく張って痛々しいくらいだ。先走りをとろとろと垂らして、ランプの灯りに照らされてテカっているさまが卑猥でたまらない。早く欲しいと躰が期待して、じりじりしてきた。

「物欲しそうな顔だ、エミル」

「……はい。……俺、コンラード様の大きなものを思い出して……ずっと中が焦れていました……」

最初のときは怖いだけだったのに、今ではあの乱暴なまでの質量が恋しくて躰がぐずっている。

「早く……早く欲しいです……俺の中に、……コンラード様の……早く……」

屹立したそれを見ていると、どんどんと淫らな言葉が出てきてしまう。

自分の中にこんなにも浅ましい欲求があったなんて知らなかった。コンラードと幾度も肌を合わせて、変えられてしまったのだろうか。

「そう私を急かすなエミル。また加減を忘れそうだ……」

ごくりと固唾を呑んで、コンラードが指を増やす。三本の指がエミルの密かな孔を大きく拡げて、深いところでぐちゃぐちゃに搔き回しながらとろとろにしていった。

「あっあっ、ぁんっ、んん……指が……っ、あっ、いっぱい、ぅ動いて……っ……ぁあ！」

本当に熔けてしまいそうな感覚に酔いながら喘ぐと、襞裏を引っ搔かれて、くちゅん！　と、ぬかるんだ音を立てて指がいきなり引き抜かれてしまった。

その少し乱暴な刺激がまた下腹を痺れさせて、エミルは腰を震わせる。

「どこも感じるようだな」

満足そうに言いながら、コンラードが両方の膝裏を持ち、胸に付きそうなほど深く折った。

「あっ、ャッ」

密やかな箇所が露わになって、エミルは恥ずかしさに焦る。再び隠そうと手を伸ばしたが、既にそこは彼に見える状態だ。しかも赤くほぐれた後孔に杭の先がキスをしていて、あと少し力を入れたらエミルの中へ入ってしまう。それに気が付くと、恥ずかしさよりも期待が勝って甘い吐息が零れた。

「ああ……まだ甘い香りで私を挑発するのか……欲張りな狼め」

「はい……俺、いっぱい……いっぱいコンラード様が欲しいです」

深いところまで繋がり合って、離れられないまま本当に熔けてしまいたい。

「だから、早く……」

吐息まじりに乞うと、頭上でコンラードが小さく身震いして餓えた目でニッと笑った。

喰われる――と、反射的に思い、背筋が喜悦に痺れた。

喰われたい。そう思わせる色気と気迫にうっとりするエミルの頭上で、彼が腰を落としていった。

「ぁ……！　挿入る……！　ぁあああ……――……！」

香油まみれの襞を亀頭が開き、限界まで拡げていく。

皺が伸びきりそうなほどに開いたそこに、一際大きな雁が沈んでいくと、襞がしゃぶるように少し口を閉じた。途端に中で肉の存在感が広がる。

固いものがエミルの中に挿入ってきたと、はっきりわかる質量が内壁を擦りながら休むことなく深みへと落ちていく。中が擦られる。熱い。

「は……ぁー……あぁ……コンラード様の……あぁ……」

どんどん腹の中が張ってきて、内臓が押し上げられていく心地で息苦しいのに、それがコンラード自身だと思うとたまらなく愛おしくて、躰が悦びに震えていた。

「ぁあ……入ったぞ、……もううねるのか、お前の中は……ああ、これは……はあ……」

頭上でコンラードがわなないて、奥歯を嚙み締めながら軽く仰け反った。眉間に皺を刻みながら、淡い呼吸を繰り返して暫くじっとしている。一方エミルは吐息を乱しながら、大きすぎる質量に圧倒されてうっとりしながら恍惚としていた。

愛しい人と一つに繋がっている。隙間なく繋がり合って、熱を分かち合っている。

出会った頃には感じなかった幸福感が、エミルの全身から溢れていた。素直に嬉しくて、見上げる瞳の涙が滲んできた。

「美しい瞳だ……」

コンラードは言った。

「私だけを見ていろ、エミル」

「はい……ずっと、あなた様だけを」

「ああ。そうだ」

頷くと、コンラードが腰を動かしはじめた。

エミルの様子を窺いながら、ゆっくりと腰を引いて、深いところを軽く突いてきた。

「んっ……ん」

甘くて心地よい圧迫と快感が奥に広がって、鼻にかかった声が出る。

エミルのいい反応に安心したのか、軽めの律動が躰を揺らしてきて、中がとろとろにされていく快感に笑みが零れてしまう。

「んっ、んっ、んっ、ぁんっ、き、きもち、いぃ…で、す……ん……ぁ、ん」

「ああ、……お前の中は柔らかいな……私に吸い付いてくるぞ……エミル」

「はっ、あっ……あ！　あ！」

次第に動きが速くなり、腰を打つ力が強くなってきた。深みをくすぐっていたような快感から、叩くような刺激へと変わってくると、打たれるたびに躰が上下に揺さぶられていく。

「あン！　あ！　アッ、あッ…待っ…！　コンラードさま……っ」

先ほどの蕩《とろ》けるような快感が嘘のように荒々しくて、力強い抽挿《ちゅうそう》がエミルを掻き回していった。

切っ先が奥に当たるたびに、ゴッと体内で衝撃が響くと、背筋に乱暴なほどの快感が駆け抜けていき、エミルの性器が根元から痺れた。そして太い楔が内壁を激しく擦りながら、一気に引き抜かれる。

「あぁあ……ッ！」

身震いするような排泄感がエミルを戸惑わせた。

出てしまう！　と、全身が総毛立つと、襞裏に雁が引っかかって押し上げる。

「出る…ッ！　でちゃう……ッ」

ぐう、と雁が襞裏を押し上げていて、尾てい骨がぞくぞくと震えた。

尻尾が出そうだ。途端に杭の先から少量の汁が飛んで、エミルの腹に落ちる。下半身の震えが止まらない。エミルの躰はどうなってしまったのだろう。自分でもわからない反応に戸惑うなか、また彼の楔がエミルの中を掻いて奥を突く。

「あン！」

どっ、と強い衝撃が下腹に響いた。

「うう…っ」

コンラードが呻く。苦しそうだ。額やこめかみが汗に濡れて、黒髪が張り付いている。

目が合うと、ギラギラとした双眸がエミルを射貫いた。

噛みついて離さないといわんばかりの眼光に、わななく。

「ぁ――もっと……っ」

ぐちゃぐちゃにされたい。一緒に熔けて、一つになりたい。

「いくらでもくれてやる……ッ」

甘く掠れた声でねだったエミルに、コンラードが尚も激しく腰を打ち付けた。

肉がぶつかり合う音に、香油のぬめった水音が混ざっていた。

「あ！　アッ。お、おっきい……！　おっきい……！　いっぱい、擦れて……あぁあ！　中、いっぱい、いっぱいゴリゴリして……ぁああ……ッ、いく！　ぃ、ク……――――ッ！」

「ぐっ……――――！」

エミルの喜悦に圧倒される声が寝室に響くと、遅れてコンラードの呻く声が微かに聞こえた。

大きく背中を撓らせながら、エミルはコンラードの前で精を放った。

「ぁああ……――――――!」

今度こそ大量の飛沫を上げると同時に、尾てい骨に痺れが走って尻尾が出てしまった。

脳天まで駆け抜ける快感が狼の耳を出させる。強烈な絶頂を得た躰は撓ったままで暫く動けなかった。その頭上でコンラードが少し遅れて達する。

「ぁっ……あっ、なかが……」

深いところでコンラードの精が放たれた感覚に気が付いて、エミルは驚きの声を零しながらも、言葉通り彼のものになったような悦びを感じていた。子供ができるわけでもないのに、なぜか嬉しい。マーキングされたような気がするからだろうか。放たれた辺りをそっと撫でてみると、コンラードが手を取って指を絡めてきた。

そして繋がり合ったままの格好で横たわり、吐息の触れ合う距離で見つめ合う。

間近で見つめられるのは照れ臭いけれど、熔けそうなほどに幸せだ。エミルはそっと彼の唇に軽くキスをして、それからぺろりと舐めた。

一度、また一度と舐めたあとで我に返って「あ…」と顔を赤くした。

「すみません……幸せなときに両親がよくしてくれたから……つい」

「愛らしいではないか。人狼の愛情表現なのだな」

「はい。こうされると、俺もすごく幸せで……だから」

ふふ、とコンラードが密やかに笑みを零して、エミルの唇をペロリと舐めてきた。幸福感に蕩けそうだ。とびきりの笑顔でうっとりすると、コンラードが睫毛を撫でていった。

「……美しい瞳だ」

「銀色の瞳がお好きなのですか？」

先ほどもエミルの瞳を褒めてくれたのを思い出した。

「そうかもしれないな。幼い頃に見た銀狼と同じ色をしているからか、とても惹かれる」

「銀狼……？　子供の頃にも会ったことがあるのですか？」

「ああ。十二の頃だったか。森で傷ついた銀狼を助けたことがある。楠の根の陰に隠れていたのだ。私が手当てして、見つからないように枝で隠したのだが、翌日にはいなくなっていた。とても美しい幼い銀狼だったな……」

「それは……」

懐かしそうに語る彼に、エミルは目を見開いた。

「きっと、俺の父です。子供の頃から、ずっと父さんに話を聞かされていました。助けてくれたのがまさかコンラード様だなんて、そんなことって……凄いです。信じられない」

「そうか……！　あの幼い銀狼はお前の父だったのか」

この奇跡に二人は驚いた。

「父さん、この話をするときとても嬉しそうにするんです。貴族は恐ろしいと村の人たちは言うけれど、思い出話をする父さんを見ていると、俺も貴族を信じてみたい気持ちになっていた。だからコンラード様と出会えて嬉しいです」

「ああ、私もだ、エミル。お前の祖父と父と、そしてお前自身だ。私はどうやら銀狼と縁があるようだな」

「はい。コンラード様はきっと銀狼に愛されています。だって、銀狼は幸福の象徴ですから。銀狼を愛してくれるあなた様が、幸せにならないはずがありません」

「そうか。そうだな。——愛しいお前が言うのだから間違いないだろう」

　腰を引き寄せられて、中の楔が角度を変えた。

「あっ」と、甘い声が零れた唇を、コンラードが軽く啄む。下腹に広がる甘い余韻に、エミルは瞳を潤ませながら、ほう、吐息を零した。

「何よりお前を手に入れられたことが、私の幸福だ」

「はい……」

「耳も尻尾も愛しいぞ。たっぷり撫でてやろう」

「あっ、……くすぐったいですから」

　尻尾を撫でられて身を捩るエミルも幸せだ。

「それよりも、俺の中が……コンラード様……」

　誘うように愛しい人の肩へと腕を滑らせていくと、肉欲を刺激する甘い香りがまた二人の間で漂いはじめていた——。

あとがき

こんにちは、はじめまして。一部の方はお久し振りですね。鏡《かがみ》コノエです。

リンクスロマンス様より二冊目の本を出させて頂きました。「王様候補と愛しのオオカミ」です。お手にとってくださり、本当にありがとうございます。感謝感謝です。

プロット初期の段階ではドエロいヴァンパイアと人狼《じんろう》のお話だったのですが、気が付けばお貴族様と人狼のラブラブなお話になりました。個人的には前書よりも苦労した感じでしたが、形になって本当によかったです。


イラストを手がけてくださった古澤《ふるさわ》エノ先生。やわらかで心優しくなれるような作品をありがとうございました！　ハンサム感満点のコンラード、透明感のあるエミルが本当に素敵でした！

へっぽこな私に心折れず付き合ってくださる担当Tさん。今回はドSスイッチを回避できて安堵です。編集部の皆様、校正様。そして、みみこさん他、支えてくれたお友達に感謝です！

蛇足なんですが、エミルの愛称が「ミミル」で、どちゃくそ可愛《かわい》いなと思いました。

アルヴィルは、コンラードの戴冠式当日に、幼い頃一度だけ会っている隣国の第〇王子（オラオラ系）に「これで正々堂々お前を口説《くど》けるな」と迫られますし、当時の印象が悪すぎて初めは散々嫌がるけど最後には絆《ほだ》されると思います。

アルヴィルは前王の愛人でしたが、本当は長命を得るために祖先が人狼と交わったことが原因で、先祖返りが濃く出てしまっている。それを隠すため叔父の前王が守っていた。幼い頃から人として厳しく躾を受けたため性格が少々歪《ゆが》んでますが、本当は自分の中の人狼の血を認めたくなくて足掻《あが》いている。前王から銀狼の牙をもらったのも、王になれば結婚せずに済むだろという気遣い。

パーシオは多分魔女とくっつくだろうし、テオドールは城内に人間の恋人がいる。――と、本編では書き切れないことを、あれやこれやと妄想しました。番外編など書けば形になるかもしれませんがわからないので、ひとまずここに、本編とともに纏《まと》めておきます。

新型コロナウィルスの影響で気持ちが沈むニュースや出来事など多いと思いますが、この物語を読んで少しでもほんわかしてもらえたら嬉《うれ》しいです。

今回もそわそわしながら感想をお待ちしていますね。編集部に送って頂いた分で、リターンアドレスのある方には、ささやかなお礼としてＳＳペーパーを押しつけちゃいますからね。

なにより、またお会いできることを願っています。

令和二年八月　鏡コノエ

この本を読んでのご意見・ご感想をお寄せ下さい。

〒151-0051
東京都渋谷区千駄ヶ谷4-9-7
(株)幻冬舎コミックス　リンクス編集部
「鏡《かがみ》コノエ先生」係／「古《ふる》澤《さわ》エノ先生」係

リンクス ロマンス

王様候補と愛しのオオカミ

2020年9月30日　第1刷発行

著者……………鏡《かがみ》コノエ
発行人…………石原正康
発行元…………株式会社　幻冬舎コミックス
〒151-0051　東京都渋谷区千駄ヶ谷4-9-7
TEL 03-5411-6431（編集）
発売元…………株式会社　幻冬舎
〒151-0051　東京都渋谷区千駄ヶ谷4-9-7
TEL 03-5411-6222（営業）
振替00120-8-767643
印刷・製本所…株式会社　光邦
検印廃止

ISBN978-4-344-84733-0 C0293
Printed in Japan

幻冬舎コミックスホームページ　https://www.gentosha-comics.net